冬天的故事

張雪媃——著

推薦序

如海一般深邃

國立中央大學中文系榮譽教授
李瑞騰

我常常想起張放先生，即便他已離世十餘年。一九八〇年代中期以降，他常和我通電話，談我做的事、說的話、寫的文章，我清楚記得他在電話裡的聲音，時而高亢，時而低沉；晚年則轉為微弱，但有時也會拔高，我想像那時他心情應該是激動的。見面都是在文藝界的聚會，看到我，他總會找機會過來和我談幾句，通常都是一件事的探詢，以及深切的關心。

他也談過讀文學的女兒赴美深造，我覺得他說時有歡喜心。有一回我去山東參加一場文學活動，寫一篇〈魯籍作家在臺之文采風流〉

時，清查資料，看到從山東來台的楊念慈有女楊明，朱西甯有女天文、天心、天衣，我私下想：哪天要不要問問張放，關於女兒，他有什麼想望？

我先是知道張雪媃學成歸國也進大學中文系任教，後來才知道她是張放女兒，不免多幾分親切，看她勤懇在現代文學領域耕耘，從事女作家及女性文學研究，為老友感到高興。幾年前雪媃出版《為作家寫的書：當代台港女作家論》（台北：新銳文創，二〇二一），寫序之前，我清查她的學習歷程，知道她的文學志業，本也在創作，被學院裡的教研給耽誤了。最近她來信，說她想退休了，我知道這一方面是緣於世新中文系的處境艱困，另一方面也確實是初心未忘，想重拾創作之筆。她在這個時點清理舊稿，準備出書，看來頗有重新面對自我，展現搦筆寫作的決心。

雪媃整理編排成的書稿類分三輯：短文（三十二則）、詩（四十二首）、小說故事（十一篇）。在這裡，短文其實是小品，詩是現代新詩，小說故事包含嚴格意義的小說，以及以故事為主的散文。看來她的文學趣味相當寬廣，說明她能寫，題材上從自身出發，擴及對社會對人生對複雜而微妙的人際關係的聞見思感。

細讀她這些小品，許多都有畫面，如海一般深邃，裡面有思想在流動，充滿韻律；詩則現代感十足，很多皆屬「以抒下情而通諷諭」之作，有一些還有怨怒之氣。雪媃如果想發展這兩個文類，可以好好規劃。至於小說，父母那一代有他們的大江大海，張放寫「邊緣人三部曲」（《海魂》、《漲潮時》、《與海有約》）、「海峽三部曲」（《海燕》、《天河》、《海客》）；在世時最後出版的《台北茶館》、《豔陽天》都是生命之書，雪媃如何在她自己的生命裡挖深織廣她的小說世界，是一大考驗。

推薦序

冬日的點藏

國立政治大學台灣文學研究所特聘教授
范銘如

在麥迪遜念博士班的時期，偶爾會聽到師長和其他同學提起，之前有個又漂亮又有才華的學姊如何如何，炫耀中的言外之意是，可惜妳來晚了，失之交臂。直到我畢業多年後雪媃學姊也從美國返台任教，我才終於得見傳說人物，理解了大家的稱頌，也開啟了此後我們數十年的友情。我們任教的學校相距不遠，學院裡的工作雖比不上企業行號的忙碌，教學研究服務上的瑣事還是不少，我們每年能見得上面的次數不過一兩次。碰面的時間雖然不多，從近期的研究方向、學校的狀況和生活上的林林總總，每每聊得十分盡興，對我的鼓勵關心多年來也毫不間斷。

學姊的外表跟她的名字一樣，柔柔淨淨地，為人卻任俠豪爽，講起家事國事都不扭捏。我們共同的研究興趣是女作家，但是她多年來專研這個領域，既出版好幾部華文女作家研究的重要論著，也編選相關女性小說集。不像我只侷限在小說文類，她還涉獵散文；不像我只著眼文本，她也關注作家本身，或說作為女性的作家經歷和生活如何影響並反映於作品之中。她具有私人視角的學術論述使得她的研究更飽含一種人味。或許這種對於人和文之間關聯性的敏感度，跟學姊從小觀察作家父親的經驗有關——我是直到多年後才知悉學姊尊翁是名家張放的事，或許更因她自己就是創作者。

曉是聊天時聽過學姊提起她寫作的往事，偶爾也曾在她的社交媒體上看過幾篇詩文，但看到了這本創作集時不免又驚又喜。一來沒想到她的創作量竟然有多到可以結集成書，再來看到內容豐富且類型遍及詩、散文和小說，只能是對這個學姊再添幾分崇拜。這本書照文類編排，依創作年代排序，特別能看得出時光推移中作家心緒的流轉。

從青年時期愛恨嗔痴的熾熱、壯年時代的職責煩憂以及熟年的時而豁達時而憤世，作品並不過度掩飾寫作的意圖或情感。通常學者的訓練會讓自己藏在作品的極後端，至隱形不見的，但學姊非常誠實和勇敢地自我呈現，尤其是青春時代的情懷。果然是個豪氣的血性女子。

身為小說研究者，這本創作集裡最吸引我的自然還是小說。輯中幾篇小說篇幅雖小，多發表於八、九〇年代，早慧的才情充分流露，短短幾筆盡顯機鋒。遙想學姊當年，應該是滿懷克紹箕裘甚或青出於藍的創作企圖的，後來陰錯陽差地走上另一條路。我不會說她是被研究耽誤的作家，因為創作是沒有年限的。學姊從學院中退休後，或許正是重拾寫作彩筆的開端。小說集中收錄了秋天、夏天和冬天的故事，或者這本書也以《冬天的故事》自況心境，好似滿懷故事的人在冬陽裡拿出畢生珍藏逐一點收回味。老生脫不了常談，冬天過去了不就是春天了嗎？祝福雪媃迎向創作的春天，邁進生涯的另一個境界。

推薦序

歸來者的隱密日記

《哈維爾：一個簡單的複雜人》作者
貝嶺*

作為小說家的後代，而且是一位以小說為志業，筆耕不輟，創作等身的作家後代，「影響的焦慮」毋庸置疑。然而，更為本質的是，作為經歷過貧困、戰亂、顛沛流離，甚至因「匪諜就在身邊」而命懸一線的倖存者的女兒。我相信，即便她生於安定，長於溫飽，乃至先品學兼優、後又成為「桃李滿天下」的中文學者，張雪媃從未失去山東父親留下的性格印記。作為書寫者的她，正是在被標示為「外省第

* 本文作者曾是書作者在哈佛大學東亞語言與文明系任教時的同事。

二代」的歷史情境中，寫下了自己的文學，並以文類多元，寓意滿滿的書面世。

書中首先呈現的是她早年的短篇散文，完全的內在，異域的留學生涯、孤寂、情感與生命中的痴迷，其中不乏如刃的質問與自省：

> 我從十六歲在外生活，藍天綠海是我伴侶，行旅中的陌生人是我親人，要飯，也不要回故鄉。但我仍是回來了。我在自己顏面中看到了你，我在自己血液中發現了妳。每週，我提著重物去被你們冷漠一頓，再回到自己的空房子，如同一種宗教。

其實，散文也是裝飾成泛指的履歷，人與物已然清晰。

我也注意到，二〇一〇年後，因在大學的教職與職稱已堅如磐石，張雪媃早已從異鄉人變成家鄉的在地人，她不再是那個因著學位、教職、大學終生聘僱制（Tenure Track）而從威斯康辛（Wisconsin）、波士頓、哈佛再到奧伯尼（SUNY-Albany）的漂泊命運牽受者，歸來時，她步入中年，已是生命的自主者。所以，從漂泊到落地生根，她對台灣社會光怪陸離的百態言說，已不只是斷裂之後的融入，更是自我之上的觀世評言。

寫作，也是一種自我的療癒，從書中最充實的部分，即詩選中，可以讀到也感受到作者的人生敘事，從少女情懷的回望，銘心的愛與被愛，乃至背叛：

沉浸在最深海底
我無法面對劈頭劈臉的背叛
骨中一種游離的碎裂
一點點散開
我搭建的愛
在一夕之間崩塌

其中的愛恨情仇，已躍然紙上。

我還看到作者人生中的對內及向外，正是在詩的向度上，詩，因其形式，更如隱密的日記：

恨
在血管裡一點一點爆起
必須漫過高峰沖入雲層
挖了我的眼割了我的舌斷了我四肢
反正　我已癱瘓

在作者生命中刻下印記之人，無一倖免。詩選中，我甚至讀到譏誚、蒼生、入世之慮，以及新冠疫情下，生命被監控的自言自語。

經由詩行的流淌，年輪已知天命，作者看似了無家累，卻以一己之力，經年累月地侍奉父母，直至送別。詩中（也在小說中），作者從未中止敘說父輩。即使入世，即便政治，另一面向的張雪媃，詩中論淺碟咒深淵，以無馭之姿掃過，背景無時不在，既使詩以〈黨〉命名，仍落在她生長的島嶼中。

因為「影響的焦慮」，或，因為父親的小說中故事如此之豐厚，以至於張雪媃必要以另一個姿勢嘗試小說。小說，亦如生命中的卜卦，無論青春年華，還是中年教授，寫，時斷時續地寫、自虐、虐他地寫，延綿數十載，將閱歷轉化成故事。小說，也可以溫柔地復仇。

最後，有關這本文學自選集的命名，《冬天的故事》引用的是她在返國之後，或者說在成為台灣的大學教授後，對於故鄉或他鄉的隱喻。冬天，那兀立、被漫天大雪覆蓋的美國東部公寓，似從未自作者的記憶中淡去。

這或構建了這本書的重心，無論是修女般對於城市的記憶，還是信仰，基督的信仰，已不僅僅是她在小說中呈現的歸宿。歸宿，如同祈禱，晨禱，亦如懺悔，被亙久地施予著寬恕。

自序

我決定出版自己四十年來的零散文字，是為了留下印記。怕不印出來，全忘了，如風中絮，輕輕飄開，抓也抓不住。

你說人這一生為了什麼？我看到自己一九八六年在麥迪遜夏夜獨坐桌前寫稿的側影，多麼執著的女子啊，一杯清茶，咬著原子筆在攤開的稿紙上書寫，直到天亮。

時光列車從不等待，走啊走啊，我的生存步伐來到二〇〇〇年的麻州劍橋，近四十的我，每天開車到麻州大學波士頓校區教課，在海邊的辦公大樓，一扇小窗前寫下自己最大的心結，一個無解的婚姻，一個迷離的際遇，一段淒美的少年奇旅。我是誰？我為何在此？我是為了活著走過大千？還是，我根本是為了逃離人生躲入文字？

當鬢邊白髮成了常態，你看我澈底退下小我自戀，我在工作中忘我，我在台灣二十一世紀所謂民主當道的島上適逢政治運動，經歷反威權集體狂歡，也看到權力的腐蝕性，和全球瘟疫下顯出的赤裸罪惡。

文字，不再是軟綿浪漫，而是尖銳揭發。完全沒有預設的，我在六十以後本質出現，那是帶刀俠客。多麼驚悚的發現！如同我二〇一七年在乾陵武則天無字碑前，無來由的熱淚盈眶，心潮澎湃，看到了自己的過去啊！多少壓抑的女人，歷史走來，成一群飛奔雲彩，必須隨風四起，蔚成景觀。

男人再也不是中心。整個世界，才是我的生活場，敦煌飛天反抱琵琶，必須如此，才有月牙泉的孤寂之美，天外之音。

這裡無論是詩、文、小說故事，我埋入了自己的一生。這才是我要的書寫，奔放肆意、天地為家。

感謝今生有緣相遇而未相厭的貝嶺賜序，感謝銘如學妹爽快答應寫文，我知道她極忙，也知道她一路來的辛苦。更感謝爸爸的朋友李瑞騰教授，二〇〇一年回台後，他是我極信任的學者長輩，他說什麼都是對的。謝謝秀威出版這本書，以及霽恆、懷君、伊庭的悉心編輯。

讀者，我知道你不是大眾，感謝碰巧讀到這本書，願你感受到一點閱讀的喜悅。

新店　二〇二五年三月十五日

目次

詩選：島嶼

小說選：冬陽

短文選：深海

游

我的床在海上。

我沒有屋宇。

藍，全然的藍，藍天藍海。而我靜靜地等你飄回藍與藍之中。我潔白的大床，漂浮在天與海之間。

盛大的藍，無盡的藍。

我是天地間的浮萍。你是浮萍邊的睡蓮。你那麼安詳的躺著，我轉身看你，摸你。知道，你愛我，你和我，遠渡千山萬水，千年萬年，到這麼一個水與水的世界。

無聲，時間靜止。

我們漂浮的床游在藍天藍海之間。

你漂浮的心游在我的方圓之內。我知道，你總會飄回我，就如，
我總會在看天看海之後，回身看你這尊肉身風景。

之後

之後永遠是一個問號。

然而，這個問號沒有開始無知的問號那麼美。這個問號是，怎麼演下去。

演下去，就必須承擔痛苦掩飾太平。對既成事實無條件接受，連看也不去看一眼。這是，你過了十幾歲可以一翻臉一掀桌子就走人的年輕氣盛。你癱軟無力，你，知道自己已經失去了發脾氣的特權。

所以你喝酒，所以你吸煙，你讓痛苦像蛇一樣侵入你的骨髓，你寧可折磨自己，不能面向他人，你找尋一個可以避風避雨的小小安樂窩，你如嬰孩般屈身而入，遺忘，只有遺忘。

之後，一切安詳如靜夜中的雪花，輕輕的飄下，沒有一點聲響。沒有半點人類的情感愛恨。你靜默走過之前激情又激怒的人，你彷彿根本不認識他，是一個相伴的影子，會在突地驚覺多年過去時，讓你蒼老的淚靜靜滑下的人世滄桑。而不是恨，竟也不是愛。是認命，如同無言接受這輕輕降臨的雪花。

精品

販賣的是一種情調一種風格，說不上上乘說不上下乘，而就是那麼一點糖衣的所謂文明。他是一陣風一種旋律，你根本捉摸不住他。他清瘦如竹、他行動如風，他審視、他品察，而他並沒有實質，他是一個用不著的美麗擺飾。他的形狀特異奇巧，是凡人構思不出的流體，他因而，就有那麼點品味，你看他，你卻要不了他，他也實際不屬於你。

多年後你的K Mart家具用壞用盡，你的腰包充足，禿頂時再回去看他，他早已在巨商的頂層閣樓中擺了多年，也沒用過一次，但也舊不了。

也就這樣，你們不相屬，僅此而已。

忘

把我埋葬在海水裡吧，我無法面對你的不甘、你的不足，你看著我說：難道就這樣？

把我藏入水的世界，山石綠草，我不能聽你在電話那一頭的怒不敢言，你的捫心自愧，你的去而復來，你對我不能承擔又不能放下的兒童遊戲。

但是我是一個有心肝的人嗎？你看我已經把你澈底遺忘，好像我遊牧到另一片地，再也不必回顧曾有的嫩綠小草。

你是我連體的一個小小嬰兒，連著的是一根臍帶，你明白嗎？多年來因為有那一條臍帶，我無法斷卻我心痛心憂，不論你在哪裡，我是你的母親。但是不知道為什麼，斷了，風把它吹走了，臍帶變成了我手邊揮落的一個舊物，我不當媽了，我不要當媽了，因而，你已經在我的世界中沒有了地位。

你懂嗎你明白嗎你知道嗎你難道還不甘心嗎？放。疼痛的是兩頭，然而，只一陣，剝離，就兩忘。

冬

綿綿密密的雪，仍在下著。

烏鴉仍忠誠地在新英格蘭的每個冬日早晨嘶叫。

寧靜，偉大的寧靜。十九個冬之後，我的體內孕育了酷寒中的強韌，極度單調生活中的秩序，一種人向大地自然膜拜的絕對虔誠。一步一步，踏在永不衰竭的雪地上，洗一籃衣服，買一塊麵包，送孩子上學，去醫院探病。寂寥又神聖的生活點滴，在沒有表情的面上日日滑過。

人對生活的虔敬，在雪原中吸入清冷空氣，把它轉化為熱氣的無條件妥協。

生，強韌寧靜的永恆溶入。

無聲的大地。

錯過

錯過。

有一種美盛的悲劇叫做錯過。錯過了那一剎花團錦簇，就再也沒有春天，錯過了那開懷展眉，美人一笑，就再也無緣攜手，錯過了那一際的交會，就要過千百代才會再有一片土地讓你平心耕耘，讓你安然度日，白日在上，流水在腳下，一舉頭，一群白鴿安詳飛過。

錯過。

一回頭，那人已故，一轉眼，那人已成暮年。

錯過。

大地可以翻轉變位，大陸變成海洋，島嶼變成白雲。

你大呼痛叫，找，找，找，卻再也不見那一片紅葉。翻轉變位，再一瞬間，你看到自己變成一尊石像，他是一隻鳥，戀戀不去，卻仍必須遠飛。

字

你變成了紙上的字。平面的，印刷文字。好像有很多背景圍繞你，在你之前在你身旁，都不是身旁而是符號之旁，所以我就這樣，在一個隔海又隔年的真空中欣賞這一則書面語言，我把它拿在手中，距離拉遠，看，看一個人物的印入字模，和我自己的抽離。

果真你還就是上一個世紀的人物。我在跨過時光隧道之時，赫然看到那整整一片的冰封雪原，竟然都不是我，都不是你。是印記。

然而唯有印記可以存留。你唯一的快樂。

因此我微笑看你的不朽，讓你打入字模。而我必須跨過遺忘海洋去一個青春奔泉的園地，溫熱馥鬱，我的少年歲月。

島人

你以地主之姿評論每一個來到這個地的人：怎麼這個樣子？

你哭自己的傷痛，你擅長一坐下來就從太古講起，如何貧窮如何吃苦，你撫摸自己的傷痕，心如刀割；你哀憐自己的歷史，淚水漣漣。可是你對一個男人的失聲痛哭，全然無動於衷；你對一群女人的搥胸頓足，只能驚視皺眉。你不但無法同情反而好奇，為什麼這樣？他們，不是你的族群，是外來者。

因為你被欺侮了，你永世指責外來人土匪強盜；因為你是地主，你永遠理所當然永遠無罪。縱然外來者的血液中有你的一半、四分之三，你仍然認為，自己被污染了。他們無家可歸，你卻絕不包容。終於，為了洩恨，外來土匪把地主高高供奉，作為山地標本。

書蟲

你整理書，翻開一本，他赫然爬出，細長的身子，好幾隻腳，黑灰的一片，狡猾快速，竄開你的掌控，逃脫你吃驚惶惑的視線。這是什麼！噁心的一隻爬蟲，鬼魅一般，警覺一如學者，狡詐就像個賊，他是書蟲。

確實有這種生物，書蟲。他吃書，但你不易察覺他造成的損害，他就那樣暗藏在書頁中，不要陽光不要水，他竟然就這樣活下來，而且可以活很久。赫然就是吃書的一隻蟲。

他寄生在各種書裡，你翻開《聖經》，他突然爬竄在《聖經》頁面上，靈活邪惡，似乎可以讀出你的心思，馬上往外竄。你火大了，狠狠蓋上《聖經》，用厚殼周密的全書壓下，務必壓死他！可恨的書蟲，竟然吃《聖經》。然後你小心把書拿到陽台，打開首頁，他平平扁扁的貼在頁面上，死屍一片，跌落地上，無血，只有污黑汁液附在頁面，骯髒的一個印痕。

是啊！人間是有書蟲這種東西，他卻比蟑螂蜘蛛可厭。

但你怎能對他說，你戴著一張面具？

你看到他眼中的紅絲，你聽到他心底的怨恨，你讀出他的每一個心思，都指向一個終極目標：較量。

但他的笑是這樣燦爛，但他的眼是這樣彎彎如月，但他的口確實吐出蓮花。你靜靜不語，你的心滴血，你知道，他要你聽他布道，奉他為無瑕之人。

你回味這長長的半世紀，翻滾在人群堆疊的道途，天上地下映照閃亮的各種人臉圖畫，你喝乾一杯二十年不曾一飲而盡的白酒，刺辣入心肺。為了成就無瑕善人，他要坑害多少傻徒信眾。面具人啊。

慈善的網路垃圾，慧心小語的千則處事之方，覆蓋人欲橫流的溝渠市井。你觸摸斑白鬢角，這鋪天蓋地的慈悲笑臉，只寫了一個字：貪。

一局棋終了。

你看著對手抵死不當輸家，你豁然一笑，吃了自己的贏棋，細細咀嚼，苦澀難嚼。就為了這個？是嗎，就為了這個嗎？

他笑臉又如桃花。你吐出那顆棋，大喝一聲，裂身為野獸而去。

深淵

一種無底的深沉這樣吸引人，你不知道，這個人究竟為何。彷彿當時間如流而過，你早已摸透了他（她），但你發現，你進入一個深深漩渦，不斷下漩，下捲，跟著他（她），進入深淵。你不知不覺地，隨了他（她）多年，抓不住，看不清，但你無法轉身走開，就算走開，你不時凝想，他（她）怎麼了，你因自己疏離他（她）的世界而深深後悔，你怕，你因此失了人生輝煌，你自己沒有能耐，出了局。但你因而捲入死流。是一個替死鬼。他看著你（妳）萬劫不復，靈巧抽身，轉世又是活蹦鮮孩，純白燦爛出世。

船

兩個人，一個在廚房東摸西摸，一個在客廳玩東玩西。

音樂四處流蕩，軟軟的，柔柔的，像一道鬼魅，在你們腳下徘徊。

一下子妳擋了他的路，偶爾，他走過來摸一摸妳的頭。

外面，太陽升起又落下，月亮沉落又上升。你們全然不知。

人們說，這兩個人消失了嗎？

他們哪裡知道，你們的船，悄悄飄在人群海洋，你們找到了彼此，那麼契合、舒適的氣息，你們已經圓滿。

輕輕的，你們的船，飄在靜靜海上。

網

你伏在長桌前，盛夏的北美，窗前一片綠草，黑夜在九點半悄悄降臨。

你伏在桌前，在一張稿紙上填空，寧靜，難得的寧靜。你可以寫到天亮，看著大地變為光明的一個球體，你沉陷自己編織的網，呼吸少年時代的花香。當清晨來到，你提起浮腫的雙腳，合上八千字的稿子，喝一口涼茶，走進臥室。

為了什麼？你一生在問自己，為了什麼？你驅走身邊的親人，只為了讓自己沉浸在過去。文字如酒，層層疊起，淹蓋你慌張的瞳孔。你一直沒能把他當家，難道就是這樣簡單？

你看著自己走在架空的網上，一條條一股股，你親手編織的人生，你在北美的盛夏，寫出了自己未來三十年的故事，一個沒有未來的孤獨遊魂。

人生

而我還是留了下來。

你在自囚的城堡，看不到天上的太陽，聽不到原野的風吹過。妳在一方斗室，四肢痲痺，舉步艱難，妳看著自己變成遊魂。

你咆哮怒吼，你指天罵地，你一生的挫折全怪在成錯了家。是一個浪子，為何變成人倫鎖鏈的一個環節？妳眉頭深鎖，從十八歲，沒舒展過。陷入了網，是的，妳的怨毒這樣厚重，必須以等量的毒來平復。

而我，還是留了下來。

我從十六歲在外生活，藍天綠海是我伴侶，行旅中的陌生人是我親人，要飯，也不要回故鄉。但我仍是回來了。我在自己顏面中看到了你，我在自己血液中發現了妳。每週，我提著重物去被你們冷漠一頓，再回到自己的空房子，如同一種宗教。

是的，就當是，一個荒野的舊車站，幾個人同時進站，一片枯葉落下，一滴雨，打在地上，驚起一隻鴿子，車站的人互望一眼，一種莫名的熟悉感，必然見過，是哪裡見過？然後各自凝視空氣，繼續呼吸。

盲

我一直，是閉著眼看你的。

我緊閉的眼後，有你燦爛的笑，有你第一次拿一朵小野花，遞給我。

我一直，是閉著眼想你的。

你從少年走來，草原上奔跑的金光男孩。

我怎能張眼看你？

我怕眼角出現的醉漢，我怕灰白髮梢氾濫的人生挫折。

我怎能張眼看自己？我躲自己，垮掉的肩頭，顫顫巍巍的人生疲憊。

我一直，是閉著眼，迷戀這人間的。

病魔

牠一點一點吞噬你的細胞，打擊你的神經纖維。

你困惑你困擾你困頓，然後，你一點一點被牠掌控。

從一個點，牠牽起一條線，擴散成一個團，糾結成一個瘤。

你故作瀟灑你輕描淡寫，你用意志壓下牠的氣焰。

但牠絕不罷休，牠頑強地寄生在你的肉身，在你最不經意時，狠狠一擊，讓你潰敗，讓你跪在牠腳前，痛不欲生。

肉身攻陷，你以精神力量和牠作戰，牠卻仍有本事鑽入你最聖潔的靈堂，在純潔布上沾一點黑點。放棄吧，放棄吧，放棄吧，你贏不了的你注定敗北，牠猙獰地笑。

在崩潰前一刻，你以巨斧砍掉被牠侵占的肉身，給你！

你豁然靈魂出體，高升入天頂，哈哈！送你一個皮囊，一起下地獄。

巨口島

兩種人，在這個島很吃得開，一種是「做吃的」，新聞二十四小時宣揚刻苦創業，研發口味，街頭小吃偉人。普羅，是的；文化往下沉淪，也是。包子達人、蚵仔煎達人、紅豆冰達人，說起開店故事，滿是辛酸，都是勵志傳奇。後果是，全民以食為唯一生存驗證，老老小小為吃而生。同時，每個人都放棄專業，開餐廳，這才是成功之道。

另一種人，政論家。每天二十四小時，老老小小賣嘴為生，談天說地，無所不知，從總統選舉到藝人情殺情傷情變，從水電交通到全球暖化，都是他的領域，嘴巴開開合合，好不熱鬧。這樣的政論節目永不退流行，每晚八點到十點，次日重播，下午兩點到五點，疲勞轟炸，個個是博士派頭，指點天下。後果是，全民善八卦，頭頭是道，說、評、罵、笑、嘆，好一個老氣橫秋雜碎島。

是啊，念什麼博士？只有兩種人登上博士高峰：「吃博士」，賣吃，和「說博士」，名嘴。

二〇二三年台灣，標準佛洛依德「口腔期」。助長這雜碎文化的集團，當然是所謂媒體，本該伸張正義為民喉舌，卻成了花邊彩蝶群鶯亂飛。

病毒

三年，口罩保命。到第四年，口罩摘不下了，人的心病了，再也見不得光、張不開嘴。病毒，是這樣生根的。

仇恨共產黨、仇恨法西斯，一如躲病毒。三十年過去，五十年過去，共黨強人、法西斯強人，早已灰飛煙滅，仇恨卻種進群眾心底，再也不能共存。

但這世界是前進的，不斷變化的。三年瘟疫抵不過萬古常新，半世紀內戰只歷史長河一小波。滄海可以桑田，陸地可成海洋，窮人富了，富人窮了，世局永恆輪轉。傻群眾，變不了，前進不了，守在原地，堅守心底的仇恨因子，作為唯一存在憑據。

強人眼裡哪有群眾？是一群浮游生物，信我，是你的福氣。浮游生物卻緊抱強人神主牌，矢志完成使命，互相攻擊廝殺。

躲病毒的，成了病毒。天一樣藍、海一樣寬、原野一樣碧綠，風仍吹到每一個角落，病毒無緣歡樂，只期待集體消滅。

變

這世代早已不是你想像中的社會架構。一個小家庭：爸媽兒女、學業、事業、婚姻、生活；穩定的人際關係：朋友、師長、親戚。

你只是不願睜眼去看，誰在婚姻狀況中超過五年？哪個朋友可以維持三十年？一兒一女？兒孫滿堂？有嗎？多嗎？一個個失能家庭、一個個分不清是男是女的同志、一個個獨居老人、這些外食族、永遠不會在一桌上相聚的所謂家人。

明明世界已經變了，你卻裝作不知道。你還在遙想有夫有妻有兒有女有朋友的年代。你奇怪為何年輕人都不婚不生，你自以為結過一次婚就和他們不同，有過承諾責任和人生境界，其實，你只是萬千失敗者之一，後來選擇孤獨、自由。那麼你又為何勸年輕人，結婚是必須的，至少有個「婚史」？

不正因為家庭都失能，單親、無長輩，才會孩子們把學校當家？不正因為投入工作的人根本沒有時間能力經營家庭，才會一個個工作狂，以辦公室為家？不正因為女人根本不做飯，才會集體尋找美食小確幸？這是個什麼社會？是進步還是退步？

急於改變的人這樣多，破壞號稱大破大立，以此建立功業。三天一小變，五天一大改，彷彿這樣才活得下去。那些變不動的呢？那些追不上的呢？就自然淘汰。

也許變形蟲是唯一誠實存活者。不變、拒絕變，就成烈士，那麼，只有變心、變節、變樣，才可以應付那變態的老闆、領導、世道。

我世代

所有人，都以「我」為宇宙中心，周邊人全為我服務，全是我的僕人陪襯，他們呼吸是為讓我上台發光閃亮。

所有人，編織一個生命譜系，以「我」為中心，開始到最終，我是唯一善人、唯一完人、唯一拯救世界的偉大存在。他人只有聽令於我，誰不奉承迎合，就是「我執」太重、不懂尊重、不文明，必須驅逐。

所有人，只在自己空間生滅，自有家族歷史。他人，在我面前微不足道。有一天出現如我一般強勢之人，他就是惡鬼地獄。

春天吶喊我是國

這個大國，經歷百年恥辱，在二〇世紀末突然躍升為世界強國，以快速建設震驚全球。共產主義並非一窮二白，而是資本主義本質的國營企業，全民搶錢，誰會搶誰贏。三十年過去，西方開始被這個大國吃定吃死，急於反制，抵制重稅各種較量，確保西方優勢。

這個大國，人不犯我，我不犯人。人若犯我，我必犯人。以鴉片恥辱回敬西方，大量輸出廉價二十一世紀鴉片，讓資本主義社會的弱者、無能者、游離者立刻上天堂。一場不知肇因的現代瘟疫延續三年，澈底瓦解資本主義社會原有的精銳、勤奮、物競天擇，適者生存的優生學原理，人們懶散了、疏離了、螺絲鬆了。極權國家卻集體主義大勝，自由？個人自由必須屈服於集體榮耀下，一切可以為偉大祖國犧牲。

西方大國地位動搖，開始到處發威製造分裂內戰，只要對手強國陷入持久內戰，就確保西方穩坐強權。武器四處串流販賣，一如毒藥仙丹四處串流販賣，你給我戰爭我給你毒，勢均力敵。

國家，是個髒字眼，一個強者把玩的水晶球，美麗絢爛，丟來丟去，傳來傳去。誰把自己的球抓得緊、丟得高、彈回得快，就是贏家。誰把別人的球狠砸在地、怒拋入雲霄，就是強者。這麼一兩回合下來，出現了幾個玩球好手，有黑頭髮的、有黃頭髮的，成為政治偉人、民族救星、偶像先知。

大國比武，小島也跟著起鬨，緊抱西方大腿，別甩我、我愛你、我是你的奴隸、忠心耿耿永不分離。反過臉來，怒視自己同文同種東方大國，你誰啊？流氓惡霸、東方一條蟲、我不認識你、我打你。

西方大國暗笑，真是好婢女，死心塌地脫亞入歐，但你不是國啊！你以為你是國？哈哈！你是我的一個加油站、旅遊島，連你的唯一值錢科技我都會拿來，你真傻啊！我在意的只有那個東方大國，我的對手，旗鼓相當有較量樂趣。你？哈哈，哈哈。

東方大國和西方大國說好了，這地球分勢力範圍，互不越界。至於喧囂吶喊成天起鬨的島，表面我的其實你的，當它小玩意兒，輪流把玩就是。

除舊

你看滿醫院老人，駝著背茫然踏著碎步，排隊、批價、領藥，盯著藥包研究怎麼吃。你看街角獨坐玩手機的孩子，穿著制服、背著書包，卻躲避學校，他是遭同學排擠的異類。你看這住宅大樓三十樓C戶有一個哭泣的中年婦人，她二十年持家，是盡職的太太、母親，卻被外遇的丈夫拋棄，被長大了的孩子遺忘。你看這大樓底層有個即將退休的老員工，他的一生都在這個公司，四十年來每天早上從大門進，晚上從大門出。領一筆微薄退休金，走了走了，摸摸頭朝頂樓望望，明天不來了，人們來來去去，沒人看他一眼。你看這繁華城市有多少打工仔，年輕的男孩女孩，他們散布在餐飲業、娛樂業、傳播業、企劃業，做最底層的服務工作，取最廉價的報酬，每一個工作存活率不超過三年。

我要哭了，我看到滿世界被用盡而遭丟棄的老人、棄子、棄婦、老員工、底層打工仔，他們窮盡一生只為活著，迷迷糊糊時間過去，終有一天，成了舊物、舊人，只等待淘汰。

皮影戲

總有那麼些人，影子一般存在，他晃來晃去盡忠職守，但是，他不在這裡。你無法對他說：你失職背叛，因為他確實坐在那裡站在那裡，守衛著他的據點，寸步不離。但是他究竟做了什麼？負了什麼責？沒有，一點也沒有。

你問他，他困惑，傻笑，「是嗎？我不知道。」「真的嗎？」他看似無辜其實狡詐，是公職人員最負面版本：推拖、自清、敷衍。

於是你退後兩步，開了眼界，驚嘆戲碼可以這樣無止盡延長。責備是失態缺乏修養，因此你學會相敬如賓，井水不犯河水，但他其實腐蝕了周邊活人，讓原本活絡血脈痲痺凝結。靈魂死亡，僅存皮相。

總有那麼些人，如同古老國度的圖騰，標本般地活著，沒有溫度沒有情感，為了演自己的皮影戲，架空活人誠摯熱血。敬佩他吧，千年毒蟲的最終版本。

繭

溫順的男孩，碰到強悍的爸爸，叫你跳高你蹲著，讓你考九十分你逃課，美麗的臉孔被說像個女孩子，憨厚成了愚笨。就這樣，男孩偷偷長大，躲爸爸；爸爸看著自己的骨肉，錐心疼痛，為什麼兒子不像我？

男孩畏縮著，怕做錯挨罵，悄悄活著，父子二人互相躲避，眼不見為淨。男孩變成男人，窩在被窩不願面對社會，挫折霸凌襲來，他埋著頭哭泣，誰保護我？爸爸只會更責備我沒出息。

日子緩緩前移，葉子綠了、黃了、掉了，冬去春來，老爸爸不在了，男孩老了。他安居在自己的小窩裡，能不出門就不出門，外面只有暴力競爭、無盡摧殘冷酷。他只願沉入自己的安全避風港，什麼也不要，什麼也不爭，什麼也不想，過一天是一天。

外面的世界怎麼了？誰在乎？在繭裡，層層密密保護屏障。窒息，卻安全，是他的天堂。

魂歸

她在室內獨坐，照照鏡子看看窗外，樓下街上人聲如常，車輛越過，偶有一聲孩童嘶叫。

她按時服藥，吃同樣的鱈魚片、煮爛的青菜，下午一點看韓劇，完結午睡。

日子啊悠悠過去，她的魂魄早已飛離軀體，來到一個童年的南方海港，最小的女兒，阿將，跑啊跑的，追隨哥哥姊姊的腳步。氣喘吁吁，阿將紅咚咚臉蛋熱氣直冒，像個剛蒸熟的小饅頭。大姊唱著歌，二姊抓著小弟肩膀，怕他走丟。那麼一個大家族，哪兒去了？

她再睜開眼睛，看到自己的丈夫仍在書桌前寫作，滿頭白髮，眼鏡滑落搭在鼻尖，嘴角緊閉，仍和年輕時一樣。這一生，她選擇了和一個外來男人結婚，生下了不會說台語的兒女，孩子伶俐可喜、頑皮搞怪，是她的快樂源頭。從少婦到老年，她為這個一手建造的家辛勞。

到了六十以後，她卻想念起自己的娘家。我的家鄉，南方豔陽，烈日的午後，野蠻潑辣的生命姿態。我的丈夫，根本不懂我；我的兒女，全飛往外地，不見了。這個家，還像個家嗎？

她拖起疲憊步子，在客廳臥房間踱步。走啊走啊，走不出一個牢籠，美麗冶豔的南方女獸，困在了北方的牢籠。娘家失聯了，生命奮鬥期過了，來到回憶的晚年，身邊有的，只有外勞看護。

她服下藥，靜靜等待藥力發作，輕輕緩緩地，靈魂出竅，飄啊飄啊，飛上雲霄，神遊。她找不到自己的肉身了，那軀殼，枯坐原處，自己都不認得的老婦。阿將飛入雲端，奔跑著，和三姊打鬧笑罵，旁邊阿母說，我們買鹹粥吃。

女

是一種刻意經營的氛圍，我溫婉低眉，屈膝長跪。長袖輕輕牽你衣角，凝注你的眼眉，捕捉善意尋找微笑，諂媚地，輕聲低語：相公。

你俯身向我，抬起下巴來玩賞，好一個柔媚娃，笑了：大人我今晚不走了。長夜漫漫月圓高掛，我在溫柔擁抱中看到千古女子身世，躬身服侍，賢德無骨。

良人心善，我多福多壽；良人不善，我受荼毒。良人高攀權貴棄我而去，我淚埋青春血鑄牌坊。良人殺我砍我，我無語問天。偶有剛烈，我化身俠女伸張正義，誰敢冤我？六月飛雪大旱三年！

大風大雪漫天飛灑，我從遠古來到今日，我從天上落入大荒，承擔卑微，肩負妥協，扮演和平。

肥皂劇

他不是真的，是一個幻影，只有表象沒有實質。人生於他是一個彩虹泡泡，不著邊際，夢幻美麗。你走入這個泡泡，卻抓不住他，你開始懷疑自己有缺失，奮力迎合，失落自己。你跟著他懸在半空，暗自飲泣，他根本無視你的存在，到處漂浮編織跌宕。後來你明白了，錯不在他，他本是空的，你卻緣木求魚貪戀泡沫。於是你返回大地，扎根土壤，實實在在與小草繁花為伍，成為大樹，迎接陽光庇佑眾生。

無名塚

你看這個男人，風流倜儻，一昂首一揮袖，如一幅畫。你看這個女人，眉宇風情，嘴角一笑，顛倒眾生。你看這將軍，鷹眼如炬，胸中燒火，堅定拍桌，誓言粉碎敵國，全民皆兵在所不惜。

你看這蒼天之下多少冤魂，他們都沒有名字，漂浮在天際雲端。有為俊男拖地洗衣、伺候羹湯、生兒育女的，他卻永不言及。有為美女拋妻棄子、傾家蕩產、捨身獻命的，她卻死不承認。更有那千千萬萬愚忠蠢奴，奮不顧身、奔赴戰場、肝腦塗地任憑差遣的，將軍大筆一揮掃入炮灰，眉都不皺一下。

我看到整個大荒，滿是沒有名字的墓碑，血淋淋、白慘慘，沒有武則天無字碑的光彩，卻有折心斷腸的痴情。

古典愛情

一個人要經過這麼長的時間，才知道誰是命中之人。年少到中年、老年，無知天真、奮鬥爭戰、成功失敗、痴愛背叛。分分合合，走了又回來，回來又離開，到有一天，你發現，他的照片你刪不下手、他的文字你看了又看，這才明白，厚重的情義，就這麼一點一點累積起來。如同朱紅、墨綠、深藍的宮廷色彩，儘管斑駁，卻存在，實實在在地存在著，過去、現在，未來。

那是一種讓人心碎疼痛的愛，珍惜，不忍。不是你的，你卻可以如此珍愛，因為，他值得。一顆珍珠，燦爛耀眼天河。他在人生路上顛沛灑汗，把最卑微改造成最正典，你看到他的努力、熱血、霸氣、執著和深情。他看到我的奇特、解語，和忠誠。

一點點的溫馨，一生的想念。

老臉

總有那麼些時候，當你必須拿掉眼鏡，放在眼睛前才看得見一行字，當春天新葉長出，一個寂靜祥和的午後，你想起了多年前，上個世紀的朋友。

他們怎麼了呢？你好奇。於是在臉書上查詢，找到了，細細查看。

他仍是老樣子啊。不是容顏，而是本質。總是這樣，你發現每一個人都有一個骨架，無論多老，仍是那個人。

永遠停留在少年時代的，她還是以少女姿態展現暮年。永遠求名的，他還是把各國名人和自己的合照放在第一頁。永遠打抱不平的，他還是自以為正義到處宣講。永遠蝸居象牙塔的，他還是只有自我品牌的官樣文章。

還想見面敘舊嗎？

看了一下，笑了一陣，心跟著溫暖滿溢一陣，你搖搖頭笑了。是了，這就是人生境界。

他們是否偶爾想起你，也查一查你的臉書，發現什麼也不給看，也笑了，什麼啊？還這樣搞神祕，以為自己誰啊？轉身走開。

總有這樣的時刻，當你泡一壺茶，靜靜地休息片刻，你想到很老很老的朋友舊識。你開始懷疑為什麼都沒聯繫了，你仔細回憶，好像是為了某一個疙瘩，也好像，是道不同不相為謀，也好像，就是懶了。

原來，這也是一種圓滿。愛恨情仇，全部消解遺忘。哈哈！這傢伙！

守城

我從年少走來，綠地、原野、冰雪、荊棘、天際雲端、平沙。我看盡三教九流、蛇蟲鼠蟻、官僚惡霸、男盜女娼、清雅君子、典範女子、戰士鬥士、善良卑屈。我一點一點累積資本，一年一年堆疊履歷，一步一步，打造自己城堡。每一塊磚，我擦過；每一片窗，我摸過；每一株細木小花，我澆過；每一個塵埃處，我拂拭過。我的城，一生的汗水，我微笑守護。

大地

炎夏北美，中西部大草原，一望無際平野，只有牛群散布。

這樣一個被遺忘的地域，一群人生存在草原中。破敗房舍前，孩童奔跑圍繞水管跳舞戲水，女人廚房忙碌，偶探頭喊聲別鬧，男人群聚賭博，烈酒香菸皺眉凝神。

日日夜夜如常滑過，繳帳單、買菜、燙衣服，飲食男女。少女變成老婦，小童變成老翁，一代代草芥生滅，唯一自尊在一本破舊《聖經》，我們是上帝子民。

★

酷寒嚴冬，北美東岸老城。常春藤校園裡冬雪深及腳踝。莊嚴建築十七世紀以來默默挺立，經過獨立戰爭、南北戰爭、一戰二戰，紅磚房傲然站立凝看人間。圖書館裡書籍滿山滿谷鋪蓋，學生進入、教師進入、員工進入，立刻被書群吞滅。世界可以不存在，這書群，長生不老。

黑色大衣慢步走過肅靜墓園，歷史堆疊心靈，每個人都是百歲精靈。智慧知識，男男女女出口成章，喝一杯咖啡看一眼夕陽，這個國家的未來就在政治學院裡定奪。

✶

邁阿密海灘，拉丁風情，混血人種。豐乳肥臀，男人胸肌畢現，人體展覽肆意走過每個街角，喧囂調情歡聲笑語，海灘浪濤滾滾，藍色的海、白色的浪、棕色人體、金色沙灘。雞尾酒、啤酒、沙灘手球，一條條橫陳浴日軀體。

遠遠綠色小徑引入鬼魅般遊樂園，西班牙酒館、日本和服、黑女人肥大手販賣海灘圍巾。歲歲年年紙醉金迷，資本主義常溫尋夢園。

詩選：島嶼

茶中

那一種深具大漠的性格
你走來，背景變成了無邊的灰
飛砂狂風
你沒有表情，你所有的喜悅是遠古的嬰孩

走進江南春花，走進桃花滾浪的人群
你的笑中
偶爾記憶殘殺，偶爾閃過冰雪覆蓋
一切污穢洗潔的盛大美麗

喝一杯茶吧
是啊喝一杯淡淡清茶
你舒展眉頭
這雨中小小沉淪
你收斂心中駭人狂瀾，駐留。

殼

守著一個殼
你是第三世界的船民
為自己矯飾桂冠虛點光環
你輕踏金磚
這是你守衛的殿堂

不是你的
沉沉包裝把你封入老年
沒有過
傳說的愛情
回不了的故土是重重海洋

你於是
擁抱神話

背叛

沉浸在最深海底
我無法面對劈頭劈臉的背叛
骨中一種游離的碎裂
一點點散開
我搭建的愛
在一夕之間崩塌

好在是海底
深深水環繞我的血流
群群魚遮掩我的淚
我要如蟬悄悄退出

再無力撐起一個殼
我是軟體動物
浮游在陌生水域

恨
在血管裡一點一點爆起
必須漫過高峰沖入雲層
挖了我的眼割了我的舌斷了我四肢
反正　我已癱瘓

突然
我了解了呂后
那麼多年　她是人彘
才會把另一個人
變成人彘

化石

你坐在你的城堡
腳下生根
手上結網
脖子深陷肩胛下
心肺糾結
連腹腔　都變成一片鐵塊

你眼眶急迫你鼻孔開合
幸福　在你門口敲門
她等你　再敲　她仍等你
但你叫不出聲

喉嚨長了繭
她停頓　她遲疑　她再敲一次門再探一次窗
幸福
她終於頹然走開

你於是
放聲大哭
只有自己聽到的肝腸撕裂
天全黑後你冷然想起
披荊斬棘手刃妖魔的歲月
你看著自己
一點一點　變成一尊堅硬化石

重術者

把你模造成他的格式
敲敲打打　砍東砍西
你奮力迎合　暗自叫屈
你出賣靈魂　犧牲肉體

最終　你變成他要的形
你以為
你過關了
但是
最後他仍淡淡地說　不行
溫文有禮

你
是他必須踩的腳踏板

這是二〇二二年台北

這是二〇二二年台北
五月裡長串人龍排隊買快篩
學校淨空
所有的學生在家中耍廢
這一次，被迫廢
老師看著電腦螢幕
對空氣說話，保持微笑
面對一格一格寫有名字的方塊
如同靈骨塔。

這是二〇二〇年台北
三月裡突然長串人龍排隊買口罩
風裡雨裡老人卑微地發揮奴性
為全家人買齊必備口罩。
二〇二一年五月十三確診暴增
學校立刻全面停課
開始遠距教室
沒有預警沒有預習
順服如同家畜。

這是六萬確診的台灣
每天，有一個作威作福閻羅指揮官
板著臉孔報告死亡人數、生病人數
俯視眾生，你們跪求疫苗我施捨恩惠。
這是每日六萬確診、數十死亡的台灣

玩貓的領袖向外宣傳德政
台灣犧牲人民成就高層
終於一步步成為美日殖民地
再一次炫耀偉大受虐美德。

這是武漢肺炎爆發後的兩年
全世界洗劫，弱勢生靈消滅
族群澈底分裂
帝國瓦解，人類淪為病夫。
那始作俑者卻在西方脫去口罩後
再一次淪陷
不聲不響無聲無息
人們封在室內成為困獸
而台灣
有一群人熱烈慶祝，罪有應得

他們踩在無知信眾身上
大聲宣布，誰敢說民主台灣不好
就是內奸。

這是二〇二二年台灣
一場瘟疫讓人們現出原形
該死的死了，不該死的也死了
受罪的，無聲忍耐發揮奴性
該遭天譴的
卻仍在扮演救世主
他入戲太深不可自拔
以為自己是英雄
瞎了眼，不見滿手鮮血
屠殺生靈。

惡，比瘟疫更可恥地蔓延

在這二〇二二年台灣。

二〇二二鬼島

在這荒蕪真空的年代
我們所有的只是無可逃避的存在
躲病毒躲災難躲昏官
躲不出陷溺的島
你可以擁抱大海飛入天際
但你的腳陷入土地再也拔不出來
你的心沉重如鉛再也無法歡笑

這令人咒詛的好鬥族群
這令人髮指的無知愚民
就這樣毫無反抗聽令受虐沾沾自喜

我修養好
只有米蟲可以長命百歲
阿Q精神勝利

還需要病毒嗎
這遍地懶散苟且吃喝玩樂活物
沒出過米粒家門卻號稱偉大台灣人
還需要戰爭嗎
這群聚的媽寶貓奴賣萌娃娃
飛彈撒下前先行自我消滅

可不可以
還我一個乾淨心靈
讓我可以告訴未來
瘟疫襲擊前

這曾是一個靈秀之地美麗桃花源
沒有官僚沒有國家沒有口號沒有選舉
傳說中的海上仙山

二〇二三台灣性別平等

男人砍手砍腳全成人彘
女人貞節護心全成溫室白花
碰我一下立刻昏倒
說一句調情我不舒服

受鼓勵的脆弱心靈越來越多
無能解決人際問題無力捍衛自身安全
一概尋求法律途徑公報私仇
人人告狀個個被告

好一個性別平等委員會
動用國家資產大量補助
三天兩頭成立調查團詢問私情
煞有介事審查報表核銷預算

這是一個什麼社會
全民弱智嬰兒化
搖著女性主義大旗
模造矯情修女閹割僧團

囚禁

囚禁的日子
看到一生的囚禁

第一日

我在巨室中走動呼吸狂咳
滿懷憤怒是誰傳染給我
哪個哪些不良帶菌如此無德
為何盲目自信
以為明朗陽光永遠相伴

第二日
腹肌疼痛咳聲無力
四肢鉛般重
我在室內遊走
奉醫師如神明
時時念誦聖經

第三日
拾起快篩盒
老花注視說明
一步步
溶入鼻腔液滴入孔洞
等待
想起遠古時代驗孕心情
幾條線？什麼顏色？

哭笑不得

第四日
寧靜秋日
咳聲漸止心跳緩慢
我想到這一生的友人舊識
前夫剛做心臟支架
七十老翁
文字仍是頑皮狡猾討喜男孩
初戀天馬行空居無定所
五十年後
還是那位能文善道白齒軍官
可以了
我死而無憾

囚禁的日子
我看到一生囚禁
為了生存奴隸作息
每個人
囚禁在自己的牢籠
等待最終解脫

在那之前
我們擁有的甘泉
竟是人情鎖鏈
善緣惡緣中
一點點溫暖光輝。

黨

你看這遍地群聚的
小圈圈
眼神警覺肢體僵硬嘴角緊閉
審查
你非我族類
立刻阻擋在外
你看這互相吹捧共存共榮的
小圈圈
標榜一個神主

定期自嗨睥睨他人
只為一同寫入歷史

你看那荒野上的狼群虎群
占一塊地繁衍滋生
獵食廝殺日出日落
牠忠實為獸
群居獨行
兇狠亮麗

你看這滿街著人衣的獸
這一群攻擊那一群
惡毒無恥橫行跋扈
卻叫囂正義國家
號稱自由極權對峙

人不如獸
沒有獸的野性
而有蟲的卑瑣

遊

年節
人們張羅宴飲零嘴
滿街叫囂慶祝歡樂
忙東忙西人生充盈

你認為快樂的
他是負擔
你怕清冷缺乏家庭溫暖
他急於擺脫所有名分義務，和快樂
他只要一個人清靜毫無牽掛
宇宙晃遊

幸福的極致

後來你明白
是啊 一個人的幸福是另 一人的毒藥
原來他只是要你澈底消失
還他 一個乾乾淨淨雪白大地
這些瑣碎人間醜陋習俗
還沒演夠嗎

突然我了解了遊民
一無所有
放棄自尊
整個宇宙在我區區身上
愛怎麼晃就怎麼晃
冷眼看泡沫裡的傻男傻女

哈哈你成功
你無知喔

他枯殘身軀呆坐一角
瞇著眼看玩具世界
酒與化學元素帶入漫遊
天際飛翔山頂巨人
他才是聖者

我懂了我明白了我成全了他
是啊，各有各的活法
開心就好
我重拾自己家務
微笑，打點俗世歡樂。

春之四頌

權貴
高姿態俯視蒼生
血液純正
絕不與凡人混合
偶爾走一回市井庶民
以顯親和

菁英
腦容量傲人腦組織繁複
電路般靈光耀眼
著燕尾服翹起小指

這不行
根本不入流
沒拜讀過我的巨著嗎

偉人
目光凝注眉頭深鎖
隨處鎂光燈每一句成頭條
熱衷屠殺獵物爭戰
手一揮千萬人投向死局
你微笑結語
這是艱苦聖戰

群眾
飢渴貪婪講究口感
仰頭膜拜英雄

洗一次腦鑄成人群大河
再洗一次腦轉向奔湧海洋
敲動手板編織蛛網酸言
廉價溫情廉價憤怒廉價正義
忘我陷入偉大淪亡

永生

你耽誤了他人一生
只為虛名
你滿口國家民族、正義、真理
歷史就在你身上

果然
你回頭找他
他已風化為石
伴著陽光、綠野、點點繁花

偽裝者

我是一個偽裝者
逢場作戲絕無真心

那麼一條長長的路
從少年走到老年
討好老人巴結上司笑臉對金主
苦對書本窩居圖館的青春歲月
一杯酒一個媚笑肉身合唱的春夏秋冬
我貪戀男人的溫柔我緊抓美麗的臉孔
北美州際公路上驅車奔馳
滿眼遠天落日殘留冬雪夏季綠葉

我走過快樂踏過悲泣飲過如血淚痕
我砍過浪人摔過狠人切割過堆疊的欺騙背叛牽扯
我碎過鋪展向天的人生夢想
那為了成功成名成就擠出的汗水苦笑卑躬屈膝

串不起來的碎片記憶
光閃的紅綠藍紫眉間一皺嘴角一笑
串不起來的人生步伐
看盡那一個個為錢活著的鬼魅畫皮
人群間走動的惡鬼酒鬼討債鬼色鬼魔術師

我是一個偽裝者
年復一年面對皮相妖物我偽裝善良

虛榮

如果一顆珍珠緩緩落在你掌心
你也會不經意讓它從指間跌入塵泥

因為你的眼
永遠遙望遠天晚霞
最瑰麗的剎那存在
因為你的心
只留給雲層上端
你要攀附的高雅文明

珍珠入土化為遍地赤焰
它笑不是遺落吧是拋棄
你腳踩烽火無處安步
灑淚錐心狂奔向天

戲

活成一首詩
走出一幅畫
玩成一條風景線
寫出一個朝代

這眼神
包含春花秋月冬雪
一生綿綿故事
這一笑
隱藏愛恨貪嗔
牽扯不斷無奈釋懷

這一抬手
抹去殺伐暗算
碾壓踩踏生存恩怨
這舞台上一個個光閃魅人角兒

無字碑

漂浮在人們頭頂的名
圓圓方方扁扁翹翹
紅綠黃藍灰白黑
多彩的名字，飛舞跳動閃爍的名字

春花秋月冬雪夏雨
仁義禮智道德文章
天地立心生民立命四維八德約翰瑪麗喬琪
美麗的名，幻化的名

你看
許多人活一世為的就是
留下名字
飛鳥般靈動，白雲般浮虛
他狠抓自己名字，使勁打壓入模
讓它刻入書冊進入名單
只要寫入歷史就是成功成仁

逐名者
二字三字重於泰山
退一步
千萬堆疊喧囂如雜音

果然歷史是騙局
凜然我看到千古唯一

無字碑
淘淘江海萬丈高山
大唐女子無言風範

月牙泉

是遺落的珍寶吧
妳不在宮廷春花秋月
卻在大漠伴隨狂風冬雪

是深藏的一滴淚吧
妳清澈晶瑩彎彎如月
悄悄灑落人跡罕至荒野

天上有星
與妳共懷大地
近旁飛天滿壁旋舞

佛身千萬洞窟並坐
偶有僧人駐足
誦經仰看烈日
妳左擁鳴沙嗚咽
右抱黨河同源
靜默不語
傲然天外

是遺落的珍寶吧
是深藏的一滴淚吧
妳是天之嬌女
至美精魂

澡雪

她一出現你眼一亮
他走過來你忘了自己
她的眼她的眉她一攏髮
他的目光他的嘴角他一甩扇
是一幅畫啊是一首歌

原來人生可以這樣美
道途上左有小花右有懸月
見識世間俊男美女
相伴一笑喝一口茶飲一壺酒
共遊天地

你愛他嗎你恨她嗎你們為離別灑淚嗎
她淡雅一笑輕輕搖頭
他放懷展卷瀟灑揮毫
保名節護貞操諸公慎入

書與劍

行走的書溫婉男子
白衣灑地仰頭看天
不皺眉的面說不出怨恨
風長在了他的腰間兩臂
長歌一聲飛入彩雲

鋒利眼神帶劍俠女
月光黑夜飛簷走壁
冷豔的面說不出軟語
寒光竄出她的刀鋒
伶俐一揮忍情斷愛布施正義

書與劍相對無語
他展袖撫琴高山流水
她握刀凝笑髮隨風舞
海與天遙遙相伴永不相逢

愛

那個無論隔了多久
在千萬里之外的天邊
你一個Email一個訊息
立刻就回覆的人
才是真的心裡有你吧

沒有做作沒有作態沒有架子
無需考量無需衡量得失應對
他就是忠貞地固守著你與他的連線
十年二十年三十年四十年
他沒有離開還在原地

是的他守在原地，痴痴地等

你看到風霜落葉飄過他的身影
你看到皺紋覆蓋他的額頭
疲累拖緩他的腳步
但他還在那裡
堅定地站著，固守他和你的交集
寸步不離寸土不讓永不放棄

你們沒有過去也沒有未來
宿命的分途一開始就已擺明
你遊走四方故作瀟灑
而多年後驀然驚覺
兩個老人遙遙想念眼中含淚
這是永恆。

路過

我路過你的店
看到你專注營利
打一個招呼禮貌寒暄
人來人往這是個遊樂場

你路過我的家
停留幾天看看山玩玩水
相伴喝茶說笑
年輕的歲月輕忽而過

說好了當我過客不要有任何負擔
好啊好啊生生死死雲淡風輕
入不了族譜留不下印記
那麼一個似有似無的模糊印象

後來我們發現
被解構主義害了個夠
以為聰明其實愚蠢
破蕩格局擔不起基本生存
輕浮男女
只配風流雲散

戀痕

是的我曾這樣愛你
愛你的清秀
握筆姿態
勉強擠出禮貌一笑的艱難
你的銳利洞察聰慧
和你走一條非體制之路的烈士從容

是的我仍想念你
二十年過去我才明白
許多零星故事
只是配角串場

你的世故我的虛偽
一切歸零
我心中只有一個你

但我仍無法笑納
你刻意的多角遊戲
你來來去去的故作瀟灑
你心底復仇的黑洞

在一個早冬午後
我回到我們曾有的北美
秋葉紛紛年輕火熱的心
愛
沒有變不會變
只少了純真多了通透

還能如何
這一生這一世
記憶深烙的戀痕

凡人歌

曾經
我們在婚禮當天互祝順利
美好婚紗美好賓客美好誓言真誠的心
見證彼此人生

曾經
我們交換汗水交換淚水從斗室搬到房子
畫美工餐館工租車位數著鈔票相視歡笑
苦日子甜愛情

後來
看不到盡頭的絕望澆熄了我
撐不下的勞累消滅了你
相對無言摸著彼此的臉謝謝你的陪伴我們都放生吧

後來
看到自己城堡我滿足了
擁有理想生活你笑了
活著不只是男女情愛對吧對吧

但為什麼
有那麼一個角落在心底沉沉下滑輕輕割裂
是啊你帶走了我我也奪取了你
碎裂的瑰麗

老伴

歲月
無情又恩典
把我們的稜角磨平
尖銳言辭變成嘴角一笑
憤恨不平成了眉尖一揚
悄無聲息
兩個老人並坐喝茶
卻安心滿足
外人無法識破玄機
活到老
才見識天地

星與月

破鏡可以重圓嗎

多年後我明白
你本是碎裂殘片
我卻乞求你給我圓滿
是我貪婪緣木求魚

於是我拾起碎片
擦乾你的悲劇我的淚痕
輕吹上天
碎片在黑色天幕點點散開

化為燦爛星辰

啊人間碎裂凝為天地美盛
果然你該在天上
我縱身飛天旋轉成一輪月
永恆伴隨

泥與雲

他從地獄中來
碳黑的臉少小擔負營生
蛇蟲鼠蟻豺狼虎豹魑魅魍魎
堆疊的江湖他翻滾廝混
年去年來九死一生少年成了老人
酒色財氣刻上額頭成了深深皺紋

春天第一道陽光射入他的窗
他仍瞇眼回想少年鄰里一朵小花
那麼清純燦爛一笑那麼潔白圓圓臉龐
他落拓放逐生涯中唯一救贖

小花偶從門前走過巔巍巍七旬老婦
還是那桀驁不馴傲氣逼人啊
他的心暖暖融化嘴角上揚歡快飛入雲端
啊悄悄地我追隨了妳一生只在周邊不敢向前
終究我不能攀妳的澡雪
正如妳不能醉我的泥爛

戲如人生

每個人
都是孤島
沉浸自己水域深飲人生
偶爾冒出頭來
看看他人在幹什麼
沒有光彩沒有火花
同樣的強顏歡笑故作強大
老把戲一再重複
變不出
初見的驚奇雀躍

每對佳偶
都是戲精
顧慮觀眾喜惡
維持理想門面
沒有快樂沒有滿足
只有文明禮儀法度
一個眼神一個竊笑
佩服自己的能耐
偶一互視
憐憫油然而生
你演得辛苦啊我也是

春花秋月雨雪風霜
人就成了老婦老翁
開始修花剪草喝茶看山

海水陽光是我最好朋友
一支筆一面畫布是你唯一至交
說什麼呢
還有何可說
因為沒說才持續至今
悶了一生才成就圓全

每個家
是一個謎
散是人類
不散是非人
戲
至高境界。

游過天際

海洋
一片藍
點點浪花覆蓋
平靜無波

我游在天際
藍色天空
緩緩滑行
輕風白雲

俯視大海
藍海白浪
仰看冬陽
融入宇宙

從死亡回看

火化父母之後
我看人只看到骨質
簽了離婚紙之後
所有人際關係對我是問號
再不是句點

從終止往回看
時間倒流
在那一個關鍵點
可不可以多一點溫柔
少一些遺憾

我累了我累了
草莽塵土的生命
從貧民窟走出
仍把閣樓變成廢墟

我繞半個地球
風雪艱辛烈日狂濤
走不出人倫枷鎖

生老病死弱智弱勢
平沙般漫延
無盡的債
我如醇酒喝下

是啊是啊
從死亡回看
珍愛這僅有的存在吧
安駐命分

他與她

他吸菸皺眉漂浮海上
他流汗奔波長駐機場
自嘆孤苦人間失格
停不住留不久擔不起
自比浪跡天涯畫中人

她凝注日頭腳踩田埂
她右手鍋鏟左手抱孩
心鑄成巨石淚風化為鹽
狠狠扎根土地
拒絕浪人路過

人間故事

這個人
隨著人流走動
眼中無神步履飄忽
左右張望如同到了異地
他迷失了

這兩個人
北方少年來到南方沙岸
穿著輕薄衣物卻提重重箱子
海島少女來到冰封雪原
緩步冰上卻貪看枝頭冰柱

他們迷失了

這群人
行旅中牽起陌生人的手
事急相隨共度半生
磨合苦撐悲欣交集
到有一天
四目相對看到了另一宇宙
他們迷失了

我的肉身在這裡
我的靈魂早飛離

你看這滿地行屍走肉
扮演人間劇場

個個真情感動如在夢中
我看到無語的悲傷
肅穆的奉獻

我們

這一生
無論吃多少次飯
不夠
無論吵幾回架
不夠
無論相親相愛多久
不夠

這一世
無論走多遠的路只為一眼
不夠

無論飛過多少天際只為一笑
不夠
無論死多少回又生多少回
不夠

剛轉身離開馬上開始想念
剛放下思念立刻渴求相見
剛發誓永不再見卻又痴想另一個三十年

中國人的生命情調
六十以後開始悟得
一片葉落下 一滴雨滑下
一皺眉 一抬手
空氣隨你的笑旋轉
散開成一張美麗迷霧

回不到過去看不到未來
我就這樣跌落
共有的人生軌跡
不要走
誰都不要走
什麼都不要說
凝定這一刻
我們

靈與肉

我要的是你的心
你給的是契約
我給的是魂魄心靈
你要的是肉身一片

看不到摸不到感覺不到
立刻不復存在
越是熱切交感撕心裂肺
越是反目無情死得澈底

我看到這一生匍匐堆疊的行屍走肉
歡樂宴飲的男歡女愛
當烈陽升起
一個個渙散跌落
沒有名字的須臾存在

可還有記憶

沒有

靈性精魂飛越天際傲然一笑
別再褻瀆情愛二字了
腐敗的肉身
擔不得厚重印記

塵世

是我喜歡跟人和在一起
才會招來好人也惹上惡人
一切只為了不甘寂寞
願意在人生旅途上東看西看摘一朵花逗一逗狗
市井宮廟大道小徑
春天櫻花冬季雪原
我都願意走一走停一停跟著攪和
歡樂悲傷人話鬼話管他什麼黑白兩道

是啊是我自己招惹來的
二十一歲飛向異域四十歲回到海島

處處是家也處處不是家
要什麼家
天外世界才是永恆家園
每天我仰望蒼天
白雲間雪鄉上空
飛鷹盤旋塵煙不及的天界

玩夠了回去玩夠了嗎
這人間著實有趣
你看這麼多苦苦生活的男男女女
這麼多無惡不作的痛快惡霸
這麼多矯情虛偽的咬文嚼字煉丹人
那麼些作夢的痴女兒美少男
那麼些自認救世主的政治騙子

玩夠了嗎是啊我應該玩夠了
歡樂嘗盡傷痕累累笑與淚沖擊成河
難怪啊難怪
人間永不枯竭
因為人們只活一輩子
為了活這一次必須嘗盡一切是悲是喜都只一次
喝了忘魂湯一切不復記憶不復存在

為了這一次人間
奮不顧身赴湯蹈火義無反顧飛蛾撲火
我明白了塵世

水

水
輕輕流動
我從水中抬頭
看這指南山下一片天空
十八歲的政大歲月
嬉笑池畔的女孩子們

水
緩緩浮動
深綠的波環繞著我
親吻這夏日華登湖水

梭羅故鄉我三十歲的哈佛歲月
浪游北美華麗盛年

水
平平滑動
雙手外划雙腿後踢
仰身看日藍天下白雲飄過
新店山邊我六十歲的翱翔
啊歲月就這樣流過指間

天地未變
如此溫柔纏繞冰冷流動
我最深的愛戀
融入水化為魚

我就這樣
游過一生

浮游生物

是浮游生物的命分
我撕裂命運
狠狠扎根土地
日日奔波的腳陷入土壤長成根
粗糙勞作的手緊抓大地鋪為路
心臟跳動不止奔突成河川
雙眼怒睜面對人間飛躍為日月

再不要對我說
給我一天就是一天給我瞬間就是瞬間
再不要對我說

頓時生頓時滅風中灰塵夢幻泡影
人世一遭吃一點喝一點玩一點樂一點

是浮游生物的命
我卻決定活成巨石
鎮鎖這無情大地
最深沉綿密的報復

我的廟

外面有風外面有雨
一窩窩鼠蟻般的結黨
眼神肅殺唇舌利刃
外面有仇外面有恨
報復不完的族群爭鬥
見面燦笑轉身獰笑

你匍匐一世疲累殘喘
山窮水盡你驚見我的廟

我的廟裡春暖花開甘泉美林
我的廟裡只有仙族沒有人畜
抬眼一看朝日永恆如初
隨手一摸碧草柔軟如棉
沒有過去沒有未來
走在雲端水上輕輕如夢

駐足停看喝茶聽雨
我的廟我自供奉

掌中星

看你
如一幅畫
賞你
如一片雲
聽你
如一曲長風
撫摸你
如臨摹大地
懷抱你
如融入宇宙

從學步小兒到拄杖老人
我仰望美我渴望光
啊一生的顛沛
只為捧起一顆星辰

結算

總會來到那樣的時刻
給自己打個分
這一生
事業幾分家庭幾分
配偶兒女朋友敵人
最快樂時刻一二三四五
最悲傷時刻一二三四五
義憤哪些事仇恨哪些人
最愛的是誰最遺憾的是什麼
最高成就是哪項最大失敗是什麼

作為人倫中的兒女丈夫妻子父母是否稱職
扮演職場中的老闆員工同事表現如何
走過哪些名山大川見過哪些高人逸士
最美的地方是何處最依戀的家園在哪裡
還有那難以啟齒
最對不起的人最深的病痛最大的罪孽最暗黑的祕密

哪些人飄遠了哪些人留下了
我這一生對誰始終如一

家人

同甘是戀愛
美的初見夢幻的街角等候
握手的心動唇頰碰觸的火花
期待心跳見到奔跑擁抱
浪漫約會暫離互訴相思

共苦是婚姻
房租房貸水電帳單
早餐叮嚀下班帶麵包買火腿
親友聚會打點餐食衣著
你養家累我不累嗎誰給誰氣受

你們好嗎為何久久不見
活著活著忙生活笑不出來啊
美美戀人永恆天外翱翔
白髮夫妻守著彼此凝為家人

老眼

在一個老人眼裡
看到最深沉的柔情

面容枯殘肩背佝僂
空寂的房間冷凝的空氣
長長一生拒絕親人趕走兒女躲避戀人
據守孤絕陪伴清影

他在夢中擁抱愛人輕步雲端
他在紙上牽著兒女空中舞蹈
他半醒時踏著海洋奔向母親

啊時間已經過去一生已經結束
最後一眼凝望
說不出的抱歉悔恨
絕望地看著你
不要走

小說選：冬陽

貧賤夫妻

漸趨寒涼的秋季，穆倫病了。

連日的找工作，畫廣告，他不停的工作。為的，也只是趕在五號之前，把房租付清。這麼微不足道的小錢，在窮人家來說，也是天大的事兒。半生都快過了，我這才瞭解了錢的可怕。

從前看鍾理和的小說，只為那種半世紀前的愛情震撼而感動，今天在兩個人餓著肚皮，啃到一個漢堡就天下太平的寒夜中，才真正掉出了淚。

在今天的社會，果真搞文字與藝術的八成還要挨餓嗎？我是不信邪的人，又是個死心眼兒，認定了文學就不改行，他是搞藝術的，聽來何等羅曼蒂克，然而真正情況也只有點滴在心了。

結婚兩年，我有八個月在餐廳當小妹，炎夏裡汗流如雨的在廚房裡張羅，客人喝的日本溫酒，轉來轉去弄過不下百次，自己卻從未嘗過。本來留學生的日子就苦，但是又能向誰傾訴，總是疲憊後吸一根菸，把楚留香的「千山我獨行，不必相送」默唸兩次，或是以西洋創業家的名言當聖經拜讀一下，也就煙消雲散，得失寸心知了。

故鄉呢？似乎遙遠了。許多失眠的夜裡想著老爹老娘，辛苦半世，也只在兒女面前絕口不提錢。當時繳學費、要零錢也天經地義一般的義正詞嚴。真奇，人總得等到嘗到了生活的艱辛才肯閉口不言。

為了讀書，我們搬來這個小城。

兩個人硬是變賣家產，張羅裡外，把一些傢俱搬上租來的卡車，一路開來。那夏日的炎熱沒有拖倒人，只是等到一切布置就緒才覺元氣大傷。在家時是什麼也不幹的嬌女兒，竟然能在搬東西時把全部吃奶的力氣都使了出來，還豪氣的說：「哎！小意思，本山人浪跡江湖，這點小場面算得什麼！」穆倫摸著他的落腮鬍子笑著看我：「看不出妳倒挺能吃苦的喲！」翻山越嶺的途中，少不得時時去買個冰淇淋來吃，算是自我獎勵。

學費一繳，我們又面對生活的窘境，他一時找不到零工，我立刻重操舊業到餐館打工。我的老闆竟是校友，他有一次談笑，說：「我是T大烹飪系畢業的！」語雖幽默，聽得我自有一陣心酸。在美國闖天下也真不簡單呀！他現在當老闆，手下有近二十個雇員，生意也好，但是，每天來回家與餐館，與油煙、客人（有些還真蠻）打交道，又豈是真正的理想？有回老闆娘突然看錶，說：「哎呀！安安等久了。」急忙抓了皮包就往外走，是去接她的小兒子放學。我當時坐著揀四季豆，看她，想起我媽。

為了孩子吧。

似乎許多人，耗了自己近一生的精力，為了孩子，為了孩子能得到他們所沒有的。

我的爸爸，一生為沒有高學位所苦，盡了心力讓我來求得學位。我廿一歲提著兩個皮箱漂洋過海，掙扎奮鬥，許多絕望的時刻，想著：算了算了！文學這一行，學成了頂多也只是教書匠，又如何？但是好強，又不肯屈服，只得咬了牙往前衝。

情是何物?在陶醉在《紅樓夢》的情色大空之時，回到家裡發愁下頓飯打哪兒來之後，仍是死心眼兒的再寫文學評論，再歌頌人生的理想，固守「適志」情懷，也就算得對專業的多情了吧。

曹雪芹在寫《紅樓夢》時窮困潦倒，徐悲鴻在畫他來日成為有名作品的畫時也不是不愁衣食，這些人，何苦?又多麼可敬!

我的丈夫每每畫完一張卡通也欣賞半天，正著看、倒著看、斜著看，至少看上半個小時。我笑他，好了，看夠了!他只是微笑。許多時候，我看著他熟睡時的臉蛋兒，那麼天下太平似的像個小孩兒一樣，心裡總是又甜又苦，你這個小窮光蛋，嘴角總不免擠出苦笑。

總笑他是個夢想家，不切實際。一天到晚畫這畫那，買些個美工用品，樣樣是奇貴無比，但是又見他開心嚴肅的樣兒，也就閉口不提「貴」字兒。本來，人生幾何?能夠在有限的情況下尋得一些小滿足也就不錯了。我們誰也不指望對方將來能賺大把的鈔票啊。

他又豈敢指望我成個電腦操作員?想來就要大笑，人要是偏不肯用心去學電腦，真是搞不懂那玩意兒。我寫論文時曾試用電腦，幾個關鍵語言弄不清，那機器硬是反覆的說：「壞指示」，我當時又乏人指點，火大了，對著那東西瞪眼，就打「你神經病！」它老大不慍不火，又來個「壞指示」。

當天回家我告訴穆倫這個笨笑話，問他：「你看我有沒有希望轉電腦系？」明知他的答案，只想看他那「無可救藥」的表情，然後兩個人大笑一陣。

功課重起來後，我病了一場，餐館工作實在做不下，為了那點收入，身體拖垮了也不合算，就辭了。家庭的經濟一下子全掉在他的身上。

他是個孩子氣的人，突然變得嚴肅起來。一心一意的想賺錢。許多夜裡我睜開眼時，他總熬夜在趕廣告畫，香煙一根根的抽，小小的房間裡，只有他一盞燈亮著，坐在高椅上，伏著肩在長板桌上工作，我說：「不要太累了！」他總回頭笑著說：「別擔心，快睡，我是個好丈夫呢！」我也就翻個身又入夢了。第二天早上起來，他仍在那兒畫。趕著九點鐘送出去。

我弄好咖啡，兩個人坐著喝，心裡都是沉重。冰箱裡只有三個雞蛋、一個蘿蔔、一罐沙茶醬。我說：「你中午去吃個乳酪漢堡，我們還有一點錢，別抽太多煙了！」他疲憊的像個老狗一般，我抱著他的頭，笑著說：「你還活著吧！」他總苦笑。

我去上課，中午一概不吃東西，有時讀到明代話本中有吃東西情節時，真是饑腸轆轆，忍不住會到樓下去買個小點心解饞。同學看我，說：「怎麼不吃午飯？」我只是輕鬆一笑：「節食。」呵！這下子可非節食不可了呢。

朋友們閒談時總說：「貧賤夫妻百事哀，你們過了這陣，如果還兩情相悅，來日只有好不會更壞，忍耐點就好。」我聽了感動不已，倒是真的。

愛情？呵！愛情。

少年時看言情小說，總想著夫妻都是沒什麼感情的，唯有那剪不斷、理還亂、愛不成、分不了的才是真正輝煌的愛情，其實這也不假，但是那無言相對的夫妻，那種親情代替了愛情的夫妻，你怎知他們沒有真正生死與共、同甘共苦的情感呢？

穆倫吃了退燒藥，睡得沉。我幫他蓋好被子，等著再過兩個小時再吃藥。病是磨人，若是貧中再病，可真是比小說所形容的還不堪。

人病時總愛裝小孩兒，可憐兮兮的，他剛說：「我發燒了。」這麼大個人有氣無力的說：「要是我死了，妳可以繼承我的全部存款。」我笑著摸他的額頭：「閉嘴！你有多少錢我還不知道？七塊零五毛！」他也笑了：「至少妳可以買個妳最喜歡的巧克力蛋糕吃！」忙著讓他吃藥睡下，我卻半點玩笑心情也沒了。快快好起來吧！只要好好的活著，一切都有著落。

世界何其大，而每個人也只過他自己的一生。痴情二字似乎漸被時代淘汰了，但是我仍以情痴過我一生，縱然是只在此山中，雲深不知處，也終不悔。

愛的眼

A

烈日乾枯的高掛，就如烈日照耀下，匆忙生計的人群的心。時鐘滴答前行的軌道中，千篇一律的生活內容反覆的進行。

她在換了三次髮型，自己做了六套洋裝後，再也找不出什麼更可以往腦子裡填的心事。她仍舊每天一早擠公車去上班，晚上陪著媽媽看新聞、連續劇，夜裡，讀些清新淡雅的生活小品，然後入睡。

這個星期六，她突然空虛得連每天路經的商場都覺得陌生的可怕。她急忙的走過一個個緊緊相連的攤販，那成堆的成衣、小販的叫賣、身邊擁擠而過的女人身上的香水味，全部突然聯合成一個巨大的布幕，向她驚恐的目眶襲來。

她擦擦汗水，重重的呼吸著。這個週末，再去燙髮嗎？不，找小吳看電影？她一定又要約會。爸媽一定有外面的牌約。我，我呢？我做什麼好？

她走出商場，打起陽傘。衡陽街上，一個中等身材，捲髮、濃妝、穿著流行的職業婦女，急步走著。她割過的雙眼皮下，是一雙放大了、慌張的瞳孔。她突然決定，自己又該談個戀愛了。

B

她開始和他交往，只因為，他是在她決定「戀愛」後，第一個請她去看電影的男士。

生活開始充實起來。

早上起來，她想著應該在十點鐘打個電話到他公司，也許中午一起吃個飯，下班後嘛，再說吧！她的眼睛中有了異彩，她，在戀愛。

工作煩躁時，她想，唉，還是他好，在他面前，她可以完全的放鬆，不必老是裝模作樣。而且，他總是耐心的聽她抱怨工作上的人事紛爭。一切可能引起自慚的情況，在訴說的時候，全部變成人皆負我。她因此，也總耐性的聽他發他的牢騷。他是個好孩子，她想。他雖然月入不多，也不是個積極進取的商場強人的料子，可是，他……他牙齒好白，他笑起來真可愛！她邊刷牙邊對著鏡子裡的牙膏沫笑了。

C

她在和他大吵一架，又拿起電話來，沒等他說喂，自己就心酸淒楚的灑下大把的淚，然後，他那頭也無可奈何的破涕為笑後，深刻的感動人生的奧妙與繁雜與無奈。她的眼裡滿布著生命的悲喜。現在，她的生活中有他，不管他們之間有多少問題，她不是孤獨空蕩的搖動在人群間；她有一個深深的環，環繞著另一個活生生的人類，她覺得，好像自己在擁抱所有眾生，在經歷一切血肉相連的全人類共同經歷的生命。

她在把過去這三年來工作所得，除掉給爸媽，小弟的之外，自己存下的一小筆存款，漸次的花在給他買西裝褲、吃館子、幫他付部分房租後，望著他激情後熟睡的，孩子般純潔、可愛的臉孔，安慰的眼角笑成一彎明月。

D

陰冷小雨的冬季裡，她的心異常的緊縮。

她發現她老是在等他。等。等。她枯坐在西餐廳裡等他，她枯坐在電話旁等他，她在開不了口又忘不下後，焦心的，仍在等他還借她的錢。

近來她覺得工作越來越乏味，每一個人看來都是一副陰死陽活的樣子。最奇怪的是，今天隔壁桌的會計林小姐竟然半打趣的說，怎麼我們陳大小姐髮型近來總不變，是短髮為君留吧？

從前，她和同事本來就是客氣禮貌，但是井水不犯河水，心裡孤寂得很，但也相安無事。後來，她找到了一個愛人，心裡滿溢的，哪裡還在意其他人。今天，她在突然想到這個認識了半年的小男孩兒，也許只是在利用自己後，正想，在等他不著的週六下午，也許和同事聊聊天，喝個咖啡什麼的，像是衝出一個死暗的枷鎖，探出頭來，半喜半驚的回味一下單身、自由的空氣時，卻愕然發現，這批老小姐竟然還吃自己的醋，酸葡萄！

她猛喝一口啤酒，痴望著店門口懸掛的一個燈籠，微醉的，輕輕笑了。不對！她突然覺得自己是個什麼倚門待客的妓女，是了！那個一向長舌的小林，今天說的那些話，是在諷刺我倒貼。媽的！她又喝一大口淡淡的啤酒。心底的深處，有一點什麼被刺傷了。那麼一點，不重不緩，痛楚的擴散到她半醉的神經末梢的，那麼半年來若隱若現的，老在她暈眩披散的髮絲中向她探個鬼臉的，是她的女性的自尊啊。她抽出一枝涼菸，假吸著。他還沒有來。

E

她緩步走在往公車站牌的路上，故意遲了一個小時下班，錯過擁擠的巔峰。

她又燙了髮。小雨綿綿的滴在她的春季大衣上。她突然驚異的回憶起去年夏天某一個週六下午，慌忙空虛的走在街上的那種感覺。那麼一點，孤獨和閉鎖，像無形的光圈環繞著她，對了，她抬起眼來望著烏雲下悶窒的夕陽，想起，就是那時，開始了她的這場戀愛。我抓住了什麼呢？她淒然暗笑。

她把皮包換到左肩，空洞的眼裡驀然出現了他，他從對街走過來的年輕的身軀。

嗨！他笑著說，露出潔白的牙齒。

嗨！她強顏一笑，頓時感到自己的蒼老。

好久不見了，妳，好嗎？

喔……還好。她說。她看著他。這個大孩子，這麼熟悉，又這麼……平庸！她終於在心底承認，她在潛意識裡對他的鄙視。她不明白自己為什麼和他泡了那麼長的半年，他除了機伶、年輕，實在不是個可以列入結婚考慮的人選。可是，她的心又暖融的化開，有一股乳汁般的淚在她的胸腹裡擴散。她望著他。想起他老是忘三忘四的、他只會做一個菜：炒蛋，其餘一概不會，他睡覺翻身時喜歡搖晃雙腳……她一直覺得他好像是她的孩子，她深戀著某種被需要的，是女性或是母性的感覺。可是！她瞇起眼來再看他，看早春日暮時分裡站立的他，他們之間，只隔著一塊方磚的騎樓地面，她突然感到一股存在已久了，厚厚的一層死寂的孤獨。她，看不透他。

這個眼前平平凡凡的大孩子，那麼看似深情的！他是那個花了我的錢、傷了我的心，卻又教我相信他是愛我的那個人嗎？一股無可奈何的荒謬輕輕的滑過她舒眉一努的嘴角。她再也分不清是他在利用她，還是她自己只是要一個人，只是需要一個人來填補寂寞，而他，正巧適時的出現。問題是，是不是，在利用或互相利用的途中，他們真正的相愛了？她疲憊困惑的想著，一抬眼，正不知如何掩飾一臉的滄桑，她愕然發現，他深情凝注的眼裡，有一滴淚光。

因為他眼裡溫柔的淚光，比在他身後枯寂膠著的灰色天幕來得生動多采，她因此，一手揮去明知下個鐘頭就會重演的相對無言，多情憐惜的看著他，捕捉在這一刻裡，他們摯情交流的炫麗。

郭班長

郭班長想必是幹過什麼「班長」，眷村裡老的小的都一律叫他「郭班長」，誰也沒有想過去追究他的名字，或是家世背景。

郭班長一個人，沒有妻子兒女，更沒有父母兄弟，住在馬路邊上一個小房間裡，靠賣麵條維生。他的小房間裡，有兩盞六十燭光的燈泡，一個切麵的機器、一張床、一個飯桌。張太太一掀開米缸，發現沒有米了，或是冰箱裡只有一把小白菜了，就叫她的孩子小毛，去郭班長那兒買半斤的溼麵條。李先生吃白米飯吃得嘴裡淡出鳥來，想著家鄉口味了，也會自己散著步，到郭班長那兒，去帶個一斤細的乾麵條回來。

任誰往郭班長那大窗口前一站，叫聲：「郭班長，買麵條嘍！」他一定大聲回應：「有！來啦」然後咧著嘴，露出大顆大顆的牙齒，精神飽滿的笑著。

郭班長身體壯，一整個長夏，他每天下午都赤著曬得黑亮的上身，就一條短褲頭，裹著他中年凸出的肚皮，搖把扇子、吸著最便宜的「新樂園」香菸，和一兩個老鄉在大榕樹下乘涼或下棋。

附近的孩子們放了學，一走過郭班長門前的大榕樹，就笑開了一張張調皮的小臉，往郭班長正在專注下象棋的巨大身軀上纏了上來。小狗子用手倒梳著郭班長稀疏而硬實的平頭，說：「郭班長你快變成禿頭了欸！嘿嘿……」小毛扯著郭班長站起來，要他直起手臂來讓自己當單槓吊著玩。郭班長總耐著性子，裝著要發威似的用濃濃的家鄉口音說：「小毛猴兒！下來！再胡鬧郭班長可是要打你們屁股了喔！」孩子們看著他圓圓的一張大黑臉，圓圓的大肚子，又忍不住指著他、抱著肚子大笑：「郭班長你一定追不到我，我今天賽跑還跑第一呢，你看你，像不倒翁一樣！」郭班長這個時候，總會把香菸往耳上一塞，然後瞪著圓亮的眼睛，表情多端的給這群放了學、還沒到吃晚飯時間的鄰居小孩子們講故事，講他小的時候在老家山裡抓「黃鼠狼」的故事。

郭班長唯一的嗜好，就是在夜裡打烊了之後，喝杯老米酒，嗑個瓜子，半醉微醺的，聽著收音機裡的平劇，邊聽邊哼，手裡還打著拍子。

冬夜裡，北風從窗縫裡吹入呼呼的聲響，戶戶人家閉了門，任誰，也沒在急忙地經過郭班長緊關的窗門時，多望一眼他屋裡透出的一點燈光。

就這麼一個冬天裡，一天早上，孩子們上學時沒見到郭班長開著門，在房裡做麵條。第二天，和郭班長混得熟的孩子們，在放了學後，發現郭班長的門又是緊閉著。

孩子們想騎在郭班長身上，聽他講「黃鼠狼」的故事想得慌了，就拉著媽媽的裙角，半鬧半真的耍賴了：「媽！郭班長怎麼不見了？我要聽故事啦！郭班長不見好幾天了，他到哪裡去了？他不在真不好玩！啊啊嗯嗯，我不管嘛，你去找郭班長再出來跟我們玩嘛！」

母親們這時急了，皺皺眉，她們想著，該怎麼跟孩子說。孩子鬧得不休，母親只好，抱著小學三年級的孩子，讓他坐在自己的膝上，然後像講故事一樣的，慢慢的，半帶神祕的說：「郭班長啊！一個人，沒有親人，很可憐的。他每天笑嘻嘻的，忙著賣麵條、跟你們小孩子玩，可是誰知道呢？也許他心裡並不好受，唉！」母親深深的一嘆，想起自己童年的離亂，剛覺一陣澈骨的鼻酸，她發現孩子茫然的看著自己。年輕的母親笑了，拍拍孩子的肩：「郭班長啊，愛喝酒，上個禮拜天晚上，他喝醉了，糊里糊塗的上吊死了！小毛，不要怕，乖乖，你看，郭班長實在也可憐，也許他死了上天去了，天上他也許可以和自己的家人在一起，是不是？小毛跟郭班長最好，對不對？郭班長最喜歡小毛，乖，小毛不怕，郭班長會在天上保佑你的，他會保佑你身體壯，功課好！」

一整個冬，村里的太太們總在街口三、五個人一圈的，慨嘆著郭班長自殺的這件事。

孩子們似懂非懂的傷心了一陣子後，也漸漸的相信，郭班長也許，也許是一個人到什麼遠遠的地方去了。有些跟郭班長調皮搗蛋的孩子，心虛的故意繞道回家，不敢走過郭班長緊閉了的咖啡色木窗，幻想著郭班長會不會作了鬼來找自己算帳。

夏天來的時候，郭班長門外的大榕樹越發枝葉茂密了。也許是因為早在前兩個月，巷口就新開了一家麵條店，而村裡的孩子們，又正被剛出現在幾戶人家客廳裡的電視機迷住了，任誰，也沒再提起「郭班長」這三個字。

煙塵往事

十多年前，我有機會旅行考察到南太平洋的一個小島，這個島上風景絕佳，氣候宜人。唯一有一點令我詫異而始終不忘的，是當地居民的一種風俗，這個奇特的風俗是：每一個月，已婚的男人定期聚會一次，這其中，除了照例的專題辯論（例如：太古時代的仁義王朝第三世太子曾經戴著一頂法力無邊的神賜的帽子，帽子正中刻有「仁義之師」四字，因此他西征東討，威震天下。辯論的主題則在：此「仁義」如何由當時哲學大宗「入教」義理來解釋。）、喝茶、吸菸、吃花生之外，最有趣的是，每個人必須輪流報告他如何對他的太太感到不滿。每個與會的人都認定了：過去那個曾經滄海的戀人，才是我真正愛的。眼前的妻子，好雖好，但怎麼也比不上那段未曾完成、或是未曾開始過的迷離愛情。

這些男人坐成圓桌武士般的架式，一個個起立發言，每個人先皺眉苦嘆，即之仰頭對蒼天（不，是天花板），非常無可奈何的一苦笑，開口第一句話是大家都會背的，也非說不可的慣用語：「今之天下，非往昔之天下；輝煌種種，俱成煙塵往事。」接著，他們說故事般的表演一段他們曾經有過，纏綿悱惻的一段雲雨巫山枉斷腸的奇遇。演說必須具有說服性，而且每個月得有一段不同於上次的煙塵往事，因此這些男人在參加了半年這種「已婚男士聚會」後，都越發在柴米油鹽的重擔外，加上了一股歷盡滄桑的，有一點蒼老、又深富看穿世事、智慧陰沉的自信。

我在旁觀了兩次這種聚會之後，實在忍不住好奇的問了坐在前面的一個老者：「總不會每個人都對眼前的婚姻失望吧！要是有人說，他很愛他的太太，他的太太怎麼怎麼好呢？」老者深鎖雙眉，凝重的說：「不可說，不可說。如果哪個年輕小子不知輕重，讚美自己眼下的賤內，就算他說的是實話，也會被大家鄙視。問題是，我們是一個非常念舊的民族，你要知道，人要是沒有過去作根基，一切都是虛浮的。小至家庭、朋友，大至家族、國族，是不是？過去的總是那麼……深蘊、典麗，好像在眼前，又懸浮的捉摸不住，呵！美啊！」

我跟著老者瞇眼前視的目光看去，只見供奉在大廳正中的一具鐘鼎上，有三柱緩緩上升的薰香，這香，半甜半醉的，老者點頭微笑，我望著他如痴如醉的臉，自己竟也頓時陷入一個醉甜的迷離境界。那香，如來自萬年前神祕的宗教祭典，我專注的聞著，深呼吸，才愕然發現，難怪這些男人，在聽煩了太太、孩子的噪音，在工作挫折之後，總會自動的來加入這個聚會，在這裡，他們個個成了遠古遠古時代裡的一個大情人，多麼迷人的境界！

我在半醉中，覺得自己也要沉入一種名曰「煙塵往事」的心理迷幻狀態中時，突然紅了臉，老天！我沒有一點往事好追憶！我又窘又急的抓住老者的手，說：「怎麼辦，我沒有什麼美麗的過去啊！」

老者不慌不忙，智慧的目光凝注在我的額頭上，輕輕神祕的一笑：「哎！小孩子！誰有那麼多輝煌的過去？編呀！嗯？」

十多年了，我已記不清我有沒有遵照老者的指示，編一段往事來咀嚼一番；然而，那古老神祕的三柱名曰：「煙塵往事」的醉甜菸味，哇！卻是我至今試過各種催化劑（這是我個人給它取的名字，一般報章雜誌多半稱之為「毒品」）中，最最後勁十足，教人難忘的一種。

鑄劍

作家為了找尋靈感，在狹小的公寓房裡尋釁，和妻子吵了一架，然後又打了小兒子一巴掌後，情緒激昂、思潮澎湃的，伏案疾書。

兩小時後，一篇名曰：「我兒小乖」的小說誕生了。

✶

十年後，作家在一次文藝獎章的頒獎會後，感慨萬千的告訴採訪他的記者：我的筆耕生活，完全是家人，尤其是我的妻子，對我的鼓勵與支持，沒有他們的合作，我絕不可能把大部分的精力投注在日夜不分的寫作上。

燈光絢爛的酒會歡笑與祝賀之後，作家回到他仍舊狹小的公寓中，一室冷寂。妻子打麻將仍未回來，小兒子早在上了高中的第二學期就搬到學校宿舍去了。

作家急忙打開電視，希望還能趕上晚間新聞。他接受訪問的那一段一定精采！作家放下獎章，解開領帶，燃上一根菸，靜靜的等待。

果然，他自己中年兩鬢稍白而瀟灑智慧的風采，在螢光幕上出現。作家欣賞著自己，瞇起雙眼，深吸一口菸，把頭往沙發上一靠，欣慰而感觸良多的深深一嘆。

作家多麼盼望此刻妻子與孩子能坐在他身邊，一起分享這份榮耀，他想撥電話到妻子打牌的朋友家去，叫她連小兒子也找來，一家子出去吃一頓，然而他立刻驚覺，妻子在哪一家打牌，他竟一點概念也沒有。

作家失望的呆坐在電話邊。

突然，電話鈴聲急促的響起，作家一把抓起話筒。一定是妻子或孩子看了電視，終於想到我老頭子了！

不是，是一個文友來電話祝賀，作家謙虛的寒暄著。

在接過五通文友賀電後，作家疲憊的倒在沙發上，呼呼入夢。

兩種鄉愁

戴著老花眼鏡的父親，在炎熱夏日的午後，喝著釅茶，翻閱星期天的報紙。他剛從夢中醒來，偷偷的拭去了腮邊的淚。夢，又是返鄉的童年。

他和弟弟在學校附近的小攤上，買細麵做的小餅，人形、馬形、小兔子形的小餅。忽然，他少年時偷偷喜歡過的一個女同學也來了，他立刻紅了臉，拖著弟弟快走。弟弟卻睜大了眼看著她，邊吃小餅邊笑，女孩子好奇的望了他們弟兄一眼，善意的也微笑著。正當她買了五個餅乾要走時，弟弟突然大聲的向她說：「嗨！我告訴妳，我哥哥喜歡妳！」女孩子吃驚了一下，接著笑了。他沒來得及罵他的弟弟，羞的馬上反身跑了。

那天回家後，他三天沒跟他弟弟說話，只告訴他：「我再也不告訴你任何祕密。」

夢中，他又見到她，她親熱的和他走在一起，告訴他：「我看過你在校刊上發表的文章，寫得不錯呢！」他只是痴痴的看她、她的圓圓的臉，在秋季黃葉和陽光的映照下，美極了。她的眼睛笑成弦月般的迷人桃花……

就在這時，六十歲的男人從夢中驚醒。一睜眼，窗外午後的陽光直射在他的臉上。他貪戀的想再回到夢中，但是，躺著，蒼老的心卻疼痛的扭絞。

他再也沒見過那個女孩子。在那天小攤上見過之後。戰事連綿的，就連那個調皮的弟弟，他也早已失散。

★

女兒逛街回來，給她的父親帶了他喜歡吃的牛肉餃子。張羅著父親吃東西，她也自己嚼著她愛吃的排骨飯。

「哎！就這個排骨飯，在美國都想死了！爸，你要不要也來點？」

父親搖搖頭說：「不了！我來台灣幾十年，還是吃不來那個，妳多吃點吧！」擦擦汗，他吩咐女兒把電扇開大一點。「嗯？小乖乖呢？妳沒帶她回來？」

「小乖跟二弟去看電影了。星期天嘛！他們兩個可有的瘋了，看外星人電影，然後去吃麥當勞，最後呀，一定又湊上他那幾個寶貝同學叫小乖講英文。」女兒吃完排骨，揀了些雪菜吃了，剩下的飯原封不動，她正急著在回美國前瘦下五磅。「你不知道，二弟這伙同學一個個要往美國跑，看小乖這小模樣，漂漂亮亮的小女生，滿口的英文呱啦呱啦的，還真有興趣呢！」女兒輕輕的苦笑：「嗨！真邪門兒！在那兒是成天逼她說中文，在這兒，回了家了，自己的老弟拿他小外甥當個小洋娃娃耍著玩兒！哈！」女兒想起她懷小乖時，和丈夫住在冬雪遍地的密西根，校舍裡，兩個人苦哈哈的存錢，準備生產，有一次丈夫不在家，她一個人挺著八個月大的肚子，要出門去倒垃圾。台階上全是冰，她一腳踏上，差一點滑倒，當時她心虛手顫的，孤零零的站在渾白的死寂雪地上，魂都嚇沒了，深怕肚裡的孩子要出問題。流著淚，扶著台階扶手，一步步小心的走回宿舍，發了誓孩子生下來絕不讓他在這麼冷的地方長大，一定回台灣……

父親停下筷子看著女兒。老花鏡下有一點模糊的淚光。他怎麼不知道，這個孩子，在外面混了這些年，吃過什麼苦頭，這孩子，唉！小時候調皮搗蛋的，如今，竟也是七歲孩子的媽了！

「妳別教弟弟帶著她成天瘋，台北市空氣污染的！」

「哎！沒關係啦，爸，她壯得很呢！」收拾了碗筷，女兒幫她父親加了些新茶。「對了！我剛已經訂了機票，月底我們也該回去了。那邊，離久了我也放不下心……」

父親放下筷子，剩了三個餃子，把盤子往餐桌正中一推，拿起保溫杯來，對著茶杯上升的熱氣輕輕的吹開懸浮的茶葉。是了，女兒、小孫女回來也兩個月了，這一走，又不知道哪一年才回來一次。

「小乖呢？她玩得正開心，她會不會不想回去？」父親喝一口茶，揚起右眉來問。

女兒昂起頭來大聲的笑了：「爸，你還操這個心，告訴你你都不相信，小乖從上個禮拜就開始告訴我，她好想她那個小朋友，我們家隔壁的小湯米，說，哼，我一走，湯米一定又去跟艾咪玩了，你不知道，這個小丫頭人小鬼大，還有她的爭風吃醋呢！她還說台北太熱了，想那邊的家，可以堆雪人，打雪仗，從小山丘上滑雪下來……唉！老爸爸！說起來挺傷心的，那天，我帶她去我小時候最喜歡的那個海灘玩，她坐在沙灘上，漠不關心的，想她的心事呢！」女兒頓了頓，喝一口酸梅湯，輕聲的說：「真有意思，爸，你看，我自己的女兒，她想她的家，我想我的家！」

午後的斜陽，射在客廳的沙發上。電扇規律的旋轉著，電視上的綜藝節目喧嘩著流行歌曲。父親和女兒，各據沙發的一端，無言的等待著二弟和小乖回家。

幕

徐老趾高氣揚，全然威風凜凜的帶著他三姨太的女兒，十歲的小圓，去他最喜歡的菜館吃飯。

一進菜館，經理畢恭畢敬的鞠了一個大躬，諂媚的，他咧著嘴笑著：「哎呀！徐先生，您的座早已空著等您啦！」

徐老昂頭環視四方，週六中午，菜館早已滿座。在窗邊潔淨的方桌上坐下，徐老一揮手，指著多餘的兩付盤筷，經理立刻會意的撤去餐具。

小圓圓睜著一雙烏溜的大眼睛，看著她對面一個星期才見一次的爸爸，奇怪為什麼大家對他都這麼尊敬。這個爸爸，每次醉醺醺的回家，總是被媽媽罰跪算盤，才准上床睡覺的啊！

穿著制服的小妹送過小菜後，徐老拿出他口袋裡隨身攜帶的白蘭地，淺酌一口。
一個小妹推著滿桌點心車，到徐老的面前，問他要不要來一疊燒賣。徐老直視前方，並不看小妹一眼，聲音低沉而懾人的說：「找個會點菜的來！」
小圓看著畏懼的縮著脖子，彷彿擔心被身後走來的經理解僱似的這個年輕的大姊姊，心裡同情的眨著圓眼，盼望她看到自己無言的抗議。
果然，一臉堆笑的經理在瞪了那個小妹一眼之後，熟練的給徐老和小圓沏上茶，邊看著小圓說：「您的女公子？好漂亮！」
小圓不耐煩的坐著，看看爸爸。她發現爸爸始終沒有正眼看過任何人一眼。

✶

大家都說，徐老越來越仙風道骨了。退休之後，他除了勤練太極拳外，還經常招些有名的僧道來家，談些「以為世之榮貴，乃須臾耳」之類高妙的道義。

小圓留美六年，終於接到她一直深戀、背著父母暗中通信連絡的男友的結婚喜帖後，一個人喝著烈酒，在她的博士論文稿間，找出一份三天前海外版的報紙。報上，有她的父親方面大耳，紅光滿面，身著白色長袍，在新公園青年崇敬環繞間，表演太極拳的照片。

小圓在醉眼凝視著這張照片一個鐘頭後，顫抖的，把那張精美血紅的喜帖和這張報紙交疊在一起，然後她縱聲一哭，把它們一起撕碎。

檔案一〇九

炎夏的繁華，在悶熱中膩著混濁的人味。

沒有煙塵，泥土早被水泥覆蓋；而有灰，灰，漫天漫地的灰，厚厚的堆在人身上、車上、樓上、樹上，白色的灰。而沒有人能見到這灰，彷彿，塵封的不是活生生的人間，而是一個巨大的歷史檔案。

一

他在緊湊的生活中亢奮。

他中年有成。一個俊美的男子，一個俊得教人不忍輕拍的男子。

他擁有一個兩百員工的電腦公司，一個坐落於最繁華的商業中心的興盛的企業組織。他每天一早起來，跑步、打高爾夫球、吃早點，開車到公司、繁忙、公事、午餐、見女人、挑逗、公事、繁忙、應酬。
　　這個男人沒有結婚。他和他的老母住在一起。
　　中午十二點，豔陽放肆的怒張淫威，人潮中有一個人戴著黑色的太陽眼鏡緩步走過喧囂大道。他在一個地下室的餐廳前停下，冷漠的，摘下眼鏡，推門、進入。他的眼睛左右瀏覽，深深的雙眼皮下，是一雙多表情的眼。他在尋人時，那麼冷靜、那麼無動於衷，彷彿來會的不是一個教他好奇而迷惑的人物。他今天來會的不是女人，不是他一貫的午餐和婦人，而是一個少年。
　　櫃台小姐客氣的走來，滿臉堆笑：
　　「檀先生，您來啦！」
　　說著拿了餐牌，轉臉向一個靠窗的方桌，方桌後坐著一個瘦白的少年。
　　「那位……同學等了半個鐘頭了。」
　　小心的審視他的表情，她不再多說。他沒有笑，也沒多看她，穩步向少年走去。

那一眼，他看他的第一眼，心中一震，這孩子大約才十七、八吧！戴著一副金絲邊眼鏡，瘦長的臉，正專心的看著窗外魚池裡的游魚。少年厚實的唇流露出一股忠厚，而這張臉，他彷彿在哪兒見過。

這幾步路，延伸成一個時空的真空。他看看他，努力的從記憶中尋找，尋找任何一點和這張臉有任何關係的記憶。他的額頭有些微汗，這是他情緒起伏時必有的現象，然而他精巧的掩飾了驚慌，大方的拿出手帕來擦汗，拉開椅子：

「真熱啊！羅？羅小弟，是不是？」

少年不急不緩的站起，伸出右手來，一隻纖細的手。笑了，露出兩排小巧潔白、玉米般的牙齒。

兩隻手交握，一隻有力而微汗、一隻涼冷無力。

少年說：

「檀先生，我是羅迪。謝謝你抽時間來，我知道你很忙。」

他奇怪少年如此沉穩，和他的年齡那麼不合。他歪著頭，有趣的斜著嘴角笑了。

侍者送來咖啡，他並不說話，慢慢的喝了一口，抬眼看這個連續打了一個星期電話，教他的資深祕書瑪莉實在受不了糾纏，連求帶威脅的，請她的老闆也是情人的他務必見見這個小鬼，看看是什麼糾葛當下解決，這麼一個惱人又可怕的瓜葛。

瓜葛？他皺眉了。

「你到底有什麼事請直說吧！我在商界幾十年了，於公於私，自認沒有和誰結仇，你，我不認識也不想認識，你還在讀書吧！是不是有什麼……困難？要是我能幫忙，請不要客氣。」

少年開懷笑了。哈哈的笑了。冷氣從桌旁的空調管道中奔流出來，一陣涼，穿過他的心。他為什麼這麼笑？而這笑又酷似一個陳年的記憶。男人低頭喝咖啡。

「檀先生！我和你並不是親戚，甚至，我也是一個月以前才知道你的名字。巧的是，因為一個月前，有一個和我有關係的女人告訴我，她和你有一點情誼……所以，所以我才來找你。」

「你說得清楚一點！有一個女人？什麼女人？小弟弟，這不是敲詐吧？哈！你應該知道我是一個出名的……哈！跟你說什麼呢！你還是個小孩子呢！」

「我當然是個小孩子，檀先生，我才十七歲，可是我卻覺得好老，你知道為什麼？因為我沒有得到一個做孩子，做純真無邪的孩子的權利。我的生命在黑暗的生命黯淡中結果、生長，我沒有看到過光明，沒有享受過開心。羅是我媽媽的姓，喔，是的，我沒有爸爸。誰要爸爸呢？其實我有過很多類似爸爸的人，他們來來去去，和我打個招呼，拍拍我的頭，我們去看電影、去打保齡球。我的媽媽說，每個生命都是孤獨的，誰也沒有權利留住誰。我說：『妳為什麼留住了我？』」

他驚愕的看著少年。少年說著，輕快的說，邊說邊搖頭，冷笑。十七歲！他十七歲。他心中苦痛的扭絞了。他是個孩子！他應該在陽光下打球、應該在海洋中歡笑，應該在傻呼呼的憧憬未來……而他，在一個陌生人面前苦嘆人生。羅！羅！哪個羅？他努力的回想，他和哪個姓羅的女人有過瓜葛？

「小弟！我還沒弄清楚你的故事。這個分秒必爭的社會，我們必須把一切條理化、邏輯化，比方，要是你是我的公司裡的工讀生，你就會被解僱，知道嗎？我只給你五分鐘，把你要說的話有重點的說出來，好不好？我真的沒有時間聽太多感傷的人情故事。」

少年並不動怒，也不臉紅，喝了一口冰紅茶，從手提袋中取出了一個小型電腦磁片。細白的手遞給他，他接過來，封套上標明「檔案一〇九」。

他迷惑的看看少年。

少年的眼眶剎那紅了。彷彿，交出了一個心愛的東西，割捨了一個童年的玩具。一刻間，他又像一個孩子了。他驚視這個孩子，他努力的想在他的眼眉間找出一個多年前的生命，他真正專注的想，彷彿，這個新鮮而早枯的生命喚回了他一點深埋的情性。

「檀先生，這個磁片是我的母親臨走前從她的……所謂檔案箱裡找出的。我母親是個有趣的人物呀！哈！她說，我們追求的是美、是真，是剎那的真。她說，那才是人性靈魂最精純、最美、最奔騰的境界。因此，她把她認為捕捉到的至美全部收入檔案，收入她的……電腦……哈哈哈……這些人走了散了，沒關係，她獨立自主，並且擁有一切可以值得留下的精緻的……人情交感……對了，她是這麼說的。」

「五分鐘？對了，我怎麼忘了！重點是什麼呢？你和這個磁片有關。而這個磁片據說和我十七年未曾謀面的……血緣關係上的『父親』有關。」

他驚愕得心掉下來，懸在空蕩的宇宙荒茫中。他汗流成無形的海，流入髮根，流入腹底。

「羅小弟，這個玩笑可是不能亂開。你到底想幹什麼？」

我一向小心，我一向謹慎，絕不可能。絕不可能。他想起這大半生，接觸過的女人，不是，每一個都小心謹慎的，絕不讓她們有懷孕的機會，絕不讓任何人、任何人有權利有實證，有一個最原始的武器抓住他！他怎可讓一個女人抓住，他怎可與一個有血有肉有恨有愛有脾氣有情緒的女人朝夕相對共此一生！……我要的是愛情我要的是快樂是樂趣，是枯寂長空中的一閃，是荒古原野歲月長河中的心神交感、是美的結合，而不是不是日日年年的愚夫愚婦爭吵不休、人性的怯弱、依賴、相濡以沫……。男人的思想混亂成塵封的濁流。

「你，你說你的母親給你這個東西，而這個東西又關係到你的生父和我。小孩子，你自己呢？你認為這可能嗎？你母親指使你來的嗎？你要怎麼樣？」

說這話時，他驚覺自己沒有動一點「父性」。要是這個孩子是他的骨肉呢！要是這個眼前活生生的孩子是我的「孩子」……是我和一個心愛的女人，在心神交感中孕育出的一個神奇的生命呢！一個會說、會笑、會哭、會鬧、會發脾氣的活生生的小生命呢！男人緩和了態度，第一次，第一次感到自己的老。柔和的再看這個少年，他像我嗎？

「你知道，檀先生，我不知道為什麼她把這個東西交給我，呵！好像，好像我不是人生的，而是，哈！而是……是一個磁片生的。這個世界多麼奇怪！在我的母親的世界裡，一切都是條理分明的『檔案』，而她自稱是全世界最懂得『愛』的女人。我是她的兒子，但是我並不喜歡她。她也說，她雖然生了我，但是我的性格完全不像她，她並不『喜歡』我。呵！但是她非常理性，她以為她有應盡的責任，她十七年來沒有拋棄我。她費盡心血耐著性子把我養大。她忍受我的頑皮、惡戲，她忍受我性格中的陰冷、她忍受我鄙視她接觸不同男人的漠視和仇恨的眼、她在我睡覺時偷偷坐在我床邊看著我流淚……」

「你母親她？」

「喔！她……她沒死！哈！你以為？……不不不，她很好，她只是，結束了這裡的一切，離開了。去另一個地方蒐集她的人生花果了？」

「你呢？你怎麼辦？」

「我？我有什麼怎麼辦？我有我的人生呢！檀先生，你好像不太跟年輕一代的人接觸？在我們看來，上一代人與下一代人之間，除了血緣關係以外，並沒有誰對誰的糾葛。我的父親對我的母親是一個美的回憶，一定是太美了，以至於她竟然留下了他的孩子，而且生了養了他和她的孩子。我是她生命中的滋潤花果。我的父親對我，完全是一個空白，是一個電腦磁片。你，也許是我父親，也許只是和他有什麼關係，誰知道？我並不想知道。」

一切驚訝、畏懼、企盼，全如輕石，一下子，掉入深谷。原來，原來，自己並不是那麼緊要的一環，根本就，就不是一回事！他中年的心他的自尊無聲的被打了一巴掌。

「我為什麼有義務拿這個磁片？」

「只因為，我的母親毀了她所有的檔案，而唯獨留下了這一片。並且花了三個晚上重新在電腦上放這個古老的資料，我想，她加上了一些新資料。她走前說：『迪，拿這個去找一個男人，一個我這一生最愛的男人，一個唯一讓我要生他的孩子的男人！……為了他，我幾乎放棄了我一生最大的宗旨，不要過愚夫愚婦、繁衍生滅的動物型態的生活……可是，可是，我怎也不知道自己遇到了敵手呢！』她說這話時笑了，卻沒再多說。」

二

夜。

巨大的書房中，除了四壁的藏書外，是六排高至房頂的檔案櫃。這些檔案按照姓氏英文字母順序排列，每一個檔案中有一片電腦磁碟，存著全部的文字資料。暗室中，這間書房有如古墓的陰森。書蟲在文明的存檔間游動。為了保存藏書及磁片，這裡一年四季是乾涼適中。深藍色的地毯從這一角延伸到四個盡頭，這個房間，是他三十年來每晚必來的遊樂房，彷彿，彷彿胎兒回到子宮的溫馨。沒有人知道，這個俊美的商界人物、沒有帶回家的情婦、沒有子女，只一個老母的中年男人，每夜的溫馨是在這間四壁無人的書房裡，取出任何一卷錄影帶、任何一個電腦磁片，躺下來，喝一杯伏特加，看一場是空中的美或者看一段電腦螢光幕上的文字。那段文字，把他帶入一個與他現實生活完全沒有關係的原始叢林、神祕宗教、性、愛、慾、玄、生動的、想像力奔騰的遊戲世界。

他坐在電腦前，冷靜的將「檔案一〇九」插入電腦。暗室中只一盞桌前小燈，他靠在深藍沙發上，鬆了領帶，額頭微汗的，等待一個謎底。

閃動的文字伴隨急迫的科學文明的指示信號，他熟練的按鍵。然後，他靜待。

檔案名稱：一〇九

這個人我見過。不止見過。

我們有的只是那麼一點驚鴻嗎？

這個人我不止見過，十年前，十年前當我仍是少女，我就在溫馨中枕過他的臂。但是他彷彿不記得了。難道他也和我一樣，要在檔案中找尋，才知道一個十年前的記憶嗎？然而十年前我還沒開始做檔案紀錄。可惜！否則今天我就不會浪費時間研究這個人了。

（赫然一張他的照片，大約二十年前拍的）

我愛他嗎？我要他嗎？為什麼我渴望這個男人的溫暖、渴望這個男人的凝注？

而他不要糾葛。他不要糾葛！不是我！這一次不是我提出『舒一口氣』，而是他！我遇到對手了！

他說了整套我向人宣傳的人格獨立論。

而我要和他過一輩子！我要，伴他守他愛他疼他，我要日日夜夜，和他廝磨，我要把心給他把肺給他，我要他給我一個孩子！

我說，你不必負責，我什麼也不求。

連這個他也不許。他多麼聰明多麼精確，他可以在最激情的時候抽身……

我收養了一個嬰兒，檀，這個孩子將是你和我的孩子。你不知道，你永遠也不會知道。

他是你的骨肉，在血緣上雖然不是，但是，我將注入你的精髓，我將把他當作你在我身上布下的種子，而我親自懷胎九月生下的孩子。

我的世界裡太缺乏原始的生命胎息，而你是我唯一要延續生命的人，因此，我將用盡我的血、我的心、我的力去讓這個生命發芽。

你走了，沒關係，我有這個檔案，這個檔案保存你的一切記憶，和我的孩子的誕生。我不怪你，我了解你，因為我們正屬同一族類。我們是實驗者，我們不惜拿自己當實驗。然而，你永遠不會知道我們最後一次做愛時我哭泣的吶喊：我要和你過一輩子。自然，那是在我的心裡，表面上，我比你還不在乎。因為，那是你覺得最安全的情況。你寧可，回到你的家，做一個成年的胎兒！哈！我鄙視你。

檀，檔案一〇九：你疑惑我是誰？我不姓藍，如我當年告訴你的，我騙了你。也許你急著去你的檔案中找尋一個姓藍的資料，找吧我今生至愛的男人。你會找到一段美得教你心碎、教你額頭冒汗的熱戀。但是如今我面對自己的失敗，我已不敢說我懂得愛。我們的孩子並不是我要的！我害了他了。我祈求以剩餘的生命彌補這個罪過。還是你行。你才真正執行了你的哲學。

你於我將是一個永遠塵封的記憶，這個記憶，一開始就失去了孕育成活鮮生命的機會。現在，我把這個存檔交還給你。我無法見你，因你永遠不能面對活生生的人，而不想把他用冷酷的精密冰雕成最美的歷史。

我祝福你

羅妮

男人手中跌落了酒杯，酒，滑入長毛深藍地毯，溼，而無形。

他的心底喚著一個心驚的名字：藍妮。是她是她！

男人移步向另一台電腦前，正要打入姓氏找尋檔案時，赫然驚覺，他那裡需要查檔？他不是，這些年來，痴坐在電腦前夜夜重溫這個女人給他的記憶嗎？

他深嘆一口氣，輕得連自己也聽不到的說了一聲：

妮，妮……。

秋天的故事

有一些事，永遠都不能點破，一旦說出，原有的華彩架構全部打散，如同一條全新的長褲，穿來飄逸瀟灑脫，活像三十年代的瑪琳狄區克一閃眼前，但是它在屁股上有一小點脫線，不那麼明顯，但又的的確確赫然在那兒。你假想人們看到會以為是……可能沾了一點髒東西，不，那也不對，會是……一點特別的點綴？也不對。乾脆就是破了一個洞，但也不大，縫也不好縫，就在屁股那個部位。可是你又怎也放不下這條褲子，太酷了，深黑的發亮色澤、流線型的剪裁，鬆懈的褲腿又帶有極為高雅的調情風格。最妙的是後面開拉鍊，你從來就沒有這種後開的長褲，非得有一條，但它卻就在拉鍊下邊拆了一點線，有那麼一丁點看不太出卻又蓋不住的缺陷。

局部和整體，就是這個問題。局部，還是整體。

能夠真的全然無視於局部殘缺的存在嗎？

一個人的肢體傷殘，只有兩個辦法，一個，是努力遮蓋，讓你看不見，臉上用粉蓋，脖子上用高領蓋，手上用袖子蓋，腳上用褲腳蓋，頭用帽子蓋。另一種，是赫然暴露，頸項長了瘤，蓋不住了，就赫然外露，穿低胸衣服，讓你飽覽無遺，把罪把羞怯全部像垃圾拋給別人，自己反而視而不見，或就是不視。眼睛出了問題，赫然用翻白的盲眼瞪著世人，你看吧，這是上天給我的禮物，我怎麼辦？你看怎麼辦？要不是有這第二種心理，世上不會有沿馬路舉牌子說：「我有殘疾，無以為生，請施捨」的人。

如果傷殘在裡面，不在外面，看不見；如果傷殘不在身體，在心裡；如果傷殘並不是傷殘，而是異類，是不同於常人，是一個深深深深的洞，一個一去不返的陷阱，一個最最完美的布局中的一點小缺口。這，怎麼辦？

✶

我一直以為是我在情感上對他不忠。

早秋當樹葉變紅，一片火紅欲醉的乾爽清冷時，我偶爾會想到我們曾經住過的那一棟市郊房子。那時候，我二十二歲。他，我是真的要非常努力的靜下心來，才能回想起這個人的一些細節，比方他的氣味，他舌尖的感覺，他說話時的一點小動作，他做愛時的亢奮，特有的語言，刷牙擠牙膏的習慣……。但是不知道為什麼他和我婚前在朋友處小住的那個週末，卻奇異的在我的心板上印下了永不消淡的痕跡。像一張畫布，那個畫布是整片玻璃窗外的大自然。

各種樹，交織在窗外，醉紅火豔的成了一幅自然風景，那是深秋，十一月底。那些年我一直活在一種不著邊際的悠忽狀態。我明明知道，這個地方，這個人，這條狗，全部是外於我的迷離幻境。但是我卻那麼不可自拔的投入陷入。投入陷入，壯烈又頹然的走入一個刻意營造的愛情場景。是的，我們的愛情。

我們的愛情。如今在我年過四十的時候回想起來，真的成了一杯當時愛喝的勃根地紅酒。是秋天開始，秋天結束。在我的生命史中只留下一葉風乾楓葉的史跡。但是究竟為什麼我會覺得是我騙了他呢？我覺得對他不忠是因為，我沉入的是肉體的歡愛，沒有所謂精神上的默契。誰要精神交流？二十歲的人哪會想到精神交流？常常是一個眼神一杯酒牽動一根神經，我的頹然放縱在一個男人的懷抱中熾烈燃燒，沸騰的血液、迫不及待的赤裸廝纏。汗水是髮尖的晶瑩光輝，腋下的體味是一灣促情的興奮劑，不要文明，要的就是動物性，隨著手往下尋，找尋一道滑熱的溪流。是的，那是醉紅的秋天，清冷小雨的大地上，室內一雙互取體溫的人體，那麼絕望的糾纏、沉醉。

那一天我們赤身相對，站在屋角的日本宮燈旁，嬉笑，互望，都感滑稽，小狗傑西興奮的圍著我們轉，牠，一定聞到了兩個人體的激情。

那一天，我們有的是時間廝磨，那是，彼此都絕然走入對方的異域，慨然丟棄自己前路的記憶之時。然而多年之後我才明白，我不了解他，比他對我的無知不解更多，更赫然，猶如一汪黑水。

他一直有一個朋友，年紀輕輕的健壯小男孩兒，那個時候，他上大學，都不到二十歲，所以應該是比他小了十歲以上。這個人在我們早期交往時就出現過，他們一起跑步，一起作曲彈弄音樂，是個鋼琴手。他應該算帥型的男孩子，全然的陽剛之氣，笑起來白色牙齒閃閃發亮，聲音是格格格格的，眼睛瞇成一種無可奈何的童稚情態，結實的體格，一分一毫贅肉都沒有。有一點天才型的不拘小節，比方說大冬天他會穿一條小短褲在街上跑步，高興起來跳上別人的汽車，一個沿著一個的在停在路邊的車頂上跳躍而過，邊唱著歌。他會作曲，他自食其力，學的是高薪的電腦，還教別人電腦，賺零花錢。他有錢不買車，買大摩托車，風馳而過，戴著鋼盔般的安全帽，得意洋洋的一來就咧著嘴笑：看我的寶貝，那是，他的摩托車。他不喜歡女人。

這個男孩子在第一次看到我睡在他的床上時，詫異的說：她住這兒嗎？那句話當時我一點不在意，只當他純吃驚，他才十九歲。多年之後我再回想，他一直是並不贊同他（我當時的男朋友，後來的丈夫和離了的丈夫）和我在一起。他在我們結婚時沒有出現，給了一百美元禮金，是極大方的。後來，他偶爾會來看他。看到我，他永遠是一種小男孩的態度，格格格格的笑，我再穿怎麼高叉的緊身裙他都視如不見；從頭到尾，我和他的那種間接交往總也有五、六年，他沒有表現出在男女方面的成熟和敏感。

而他呢？

我至今想不出有任何一次讓我當時疑慮過他們兩個人的關係。他是一個標準中產階級家庭出身的最小的寶貝兒子。父親律師，母親是生了六個孩子的超級強母親。這種強勢母親是女強人之前的時代產物。她有大學學歷，父親是大學教授，母親也是知識分子家庭出身，趕上了二次大戰後的育兒潮，她收起一切野心，把精力投入建立超強家庭城堡。丈夫孩子，家務社交，全是小型政治，她展現自己本可外放的超級能力場所。強悍如同男人，又堅持女性的家庭領域，於是，她養育了一半欣欣向榮的中產階級後代，責任榮譽，和顏謙恭，自掃門前雪的內在冷酷；還有另一半，強勢母親城堡內的適應不良者：輟學放蕩的失敗者，華麗邊緣的游離人，向社會底層奮勇下墜，又時而冷汗淋漓的失落靈魂。而他斷然屬於後者，我初見時那麼朝霞般純潔笑臉的運動員丈夫。

當年他最熱衷的就是跑步。

跑步，每天跑，一跑就是一個小時。我的兒時，沒有運動員生活模式，早上睡到十點，夜裡熬到兩點，十年不出去郊遊一次，在家裡不能大叫大吵，怕吵得大人腦子痛。所以我一遇見他，就奮不顧身的投入他的世界。

他的世界。

就如我的世界，穿透表層，才赫然是另一種景觀。

是的，我當時熱愛的是他強大的健全體魄，然而那麼多年，我沒有過一次想要他的孩子。定然就因為這樣，我在心底對他是歉疚的。並不是真的愛他。是一種弱勢體格對強勢體格的依附吸收，如藤，攀上了大樹。而這棵大樹，其實也是把我當作了奇異的小兔子，陌生的一個小小動物，張大了眼睛好奇四望的迷途小兔。大風大雨來了，小兔子找不到家，就窩在大樹腳下，取暖避雨，雨停了，小兔子不走了，每天圍著大樹唱歌玩耍。

小兔子發不了威，她是這個世界的外圍分子，弱勢，只要給她一個庇蔭，她就安安穩穩的住下了，望著大樹茂盛枝葉只會吃吃的傻笑。我是他的小小玩偶。他用來抵擋他強勢能幹又威震八方的母親的一個小小安樂窩。

多年之後我才明白，他是真的愛過我，這種愛還都不是男女之愛，是寵愛。他沒有辦法愛一個真正的女人，強者生存社會裡成功的女人。他恨她們，怕她們，如同他對他的強勢母親。他卻疼我，因為，我是一個小兔子，一片柔軟草地上的小兔子。而我一旦長大長成，高大茁壯到與他等齊，冒過他的枝葉要迎向陽光與天上白雲打招呼時，他斷然與我分途。

女人，女強人。

如果我不長大不變成女人，只是他懷裡的小女人小女孩小寶貝，他就會永遠疼我。但是，我終究掙脫了他的玻璃世界，就如他終走不出他自己的另一個生活層面，一個我當時一直沒有看出的奇異世界。

✶

我們分居後，我有時回去清理房子或找一些我要的書，會看到他請一些奇怪的男性朋友來吃飯。那時我竟然一次也沒有往別的方面想，只當是他無聊，新交幾個朋友說說話，但是這幾個男人一個絕對共同的特點就是一種說不出的隱密性，好像有一張網，直接就蓋在臉上。他們在藏一些什麼，是什麼，你又具體說不出。是那一道稍有閃避的目光？深黑色的那一汪水潭橫在眼底？還是那看到我時不經意的一種排他性目光？他是個極會做菜的男人，夏天，他做印度甜都辣雞，冬天，他做九層塔醬麵條，什麼酒配什麼菜，什麼甜點酒，室內燒什麼香，聽什麼電子音樂，紅襯衫配什麼色的領帶，尖領西裝穿在什麼顏色外面。而有那麼幾次，我竟然在他的照片中看到了一種極其曖昧的挑逗，一道半羞怯半討好的奇異目光。我一進客廳，他的朋友轉臉禮貌的打招呼，我擦身而過，不入他們在桌邊經營的特種氣氛，他大方的介紹：這是我太太，我半點沒有多想多看，我，是這個世界外圍分子，因為我構成不了威脅，一切安全。是啊，他對那個人的目光也就是說：一切安全，沒問題。

請一個男性朋友吃飯，通常在週五晚上。而我只匆匆過去。

有一次他大冬天夜裡失魂落魄的從外面回來，反常的心不在焉，說：「我走了半個小時，鼻子都凍僵了。」「你去哪兒了？」「去酒吧。」他困惑的扭著眼眉。然後他在馬桶上坐了半天，冰冷的面頰慢慢紅潤。我罵他為什麼出門前沒有把馬桶座放下，害我坐到下面的冰瓷座，氣我半死。他低頭沒反應。那時我沒有想過，他去了什麼酒吧？怎麼掉了魂了？

我忙著我的，他忙什麼，我不太知道。我們極少做愛，後來，可能是心飄遠了，不是我有困難就是他有困難，轉眼之間幾年前的新鮮激情變成了同床異夢。

遮蓋。

遮蓋。小兔子必須長大，迎風接雨，大樹的遮蓋，她不要了。大樹本來不愛兔子，他用小兔子來尋尋開心，用小兔子來遮蓋他的另一個缺口，這個洞，小兔子並不知道，只有小兔子不知道，就因為只有小兔子不知道，他可以愛小兔子。對兇悍的外界，小兔子是大樹的障眼屏幕，他矇騙自己的最後一個異色眼罩，小兔子不知道，他就安心。但是，為什麼小兔子竟然知道！

有那麼一段長長的時間，我在靜靜的看他。我為了彌補對他的精神疏離，靜心的守候著他。我看到他的孤絕。那是一些微妙的時刻，當他假裝聽我說話，然後從報紙後抬起眼來，那麼空茫的一眼，他在想別的，而那個別的，我進不去。有那麼一次，我們劇烈的爭吵之後，足足有好幾周沒有見面。後來，他來了，我像兔子一樣跳上他的身，撫弄他已半白的頭髮，然後我們絕望的做愛，我迫切的親吻他，讓他的唇，在我的頸項乳房上橫掃。忘情。當我的亢奮潮水般淹蓋一切，我咬著他的肩，頓時我委屈，我恨我自己，我憎恨他對我的欺騙，我用力的用指尖刮他的背。他仍柔情的吻我，然後，我再也止不住的哭了。

而我愛的是他給我的生命悸動，不是他。

好乖好乖，沒關係沒關係。他皺著眉，一邊親我的臉一邊說，他如同擁抱一個孩子般抱著我。

那一刻我也突然明白，他是疼我。他愛我給他的弱，我給他的天真，我給他的一片清純流體。他要的肉體亢奮，我不能給他，從來沒有過，也絕不會再有。那個，多年之後我才想通，他有他的另一個世界找尋圓全。一個劍拔弩張、怒目揚眉、肌肉突兀、陽具高舉、皮革摩擦的無情世界，是消平憤怒的深黑色深淵，陽剛激戰的洪荒。我在他的眼底，看到了他對我最後的掙扎和無奈。

那是我們最後一次。

✶

有一些事情改變不了，解決不了，就不該提及。如同我和他的婚姻。是一個全然空洞的精美畫布。上面有花有草有藍天有綠地，就可以了，你還要什麼？沒有人。沒有人有什麼關係？要那麼多閒雜無聊的人在畫上幹什麼？就把它，當作印象派大師的水塘荷葉，一點一點陽光，柔柔暖暖慢慢又嬌軟的跳躍在寧靜午後的一灣水面。它是一個溫熱的自然世界，在這裡，你只能慵懶沉醉的當蓮邊浮藻，水邊青蛙，甚至，你化為風、空氣，輕輕柔柔，讚頌蓮的絕世高潔，你永不可企盼的女神。

我們的愛情。

不要穿破，就是一幅最美的畫。

但是我卻終於傷了它。

竟然不是女人而是男人。他其實是恨女人的。多年之後我才真的看清，當他跟我說某某女人腦袋空空根本就是個大笨蛋，只是賣弄一下大腿，他不是故意這麼說讓我放心，他是真心實話。天下最性感的豔紅色大裙的女人送給他，他會嚇得趕快起身走避，她的媚眼一亮，長裙子高衩一提，胸脯一露，小腿一直，櫻唇微張，他會看一眼然後別過臉去。我後來猜，他對這種絕對成熟的女體，盛放的紅花，是心懷恐懼的。恐懼轉為厭惡。女人，血紅大口的女人，熱力僨張的女人，權力高熾的女人，是他壓抑在內心的絕對敵人。而我，就因為不是一個女人，是一個孩子，初識人間的孩子，他可以和我共存。

那個英俊的小伙子始終在我們生活的外圍遊走，我一走開，他就進來，直到後來，他終於把他從我們的家中抽出，光而化之的，兩個人走了。

一個人的悲哀往往是多年之後才突然看清，看清之時，又那麼沉重的不堪。像一塊破抹布，沾滿了水，沉沉溼溼，它竟不是身外可以隨時棄置的，而就不偏不斜的長在了你的心底，它的根深沉頑固的抓住了心底岩層，那麼溼答答的慢慢在心腔裡擴散。我的丈夫是同性戀。我和他共同生活的期間，他一直在另一個陽剛陰柔混淆的世界，和他的同志熱烈的進行肉體交流。那一個個在飯桌上眉來眼去的場景，我偶地一瞥時，無意察覺的對我的仇視，那熱切的吞噬一個姣美男子的奇異目光，那種一個人，卻同時生存在兩個不同空間不同色系不同性別不同語言的絕然分裂。心靈的分裂。血液的分流。一個世界和另一個世界的永不交會。

但是他是痛苦的。

他一直在等，等著我發現，等著我懷疑，等著我再也無法忍受。等到他自己無法忍受我的愚蠢無知，竟然不知和無動於衷。他於是再也無法忍受，他必須爆發：我是一個斷袖之癖的男人！

他開始帶一些陌生的年輕男人回來，他開始夜夜出入桑拿浴，他對我的不耐變成了無法忍受的絕然棄置，他等我問他，他再也等不及要走出來，光而化之的揭示一個小小瑕疵，一個異於常人的特點，不是疾病，卻叫人不舒服，不是他能左右，卻頑固悲哀的把他打入死牢。而他那麼一個全然可愛的人，只那麼一點無法妥協的異常。我的孤寂沉入了底，我的憤怒再也壓抑不住。

「你是同性戀，對不對？」

那麼簡簡單單的一句話，最終來了，他聽了，他頓然無聲，沒有反應。他在電話那頭。

完了！完了！完了！

小兔子不能知道，小兔子是全世界上最純潔的小動物，她善良，她從沒見過人間的異狀怪態，一陷不可自拔的男身交響。小兔子只知道陽光下的鮮明事物，小兔子只會在一個男人的誘導下跟著齊唱肉體的共鳴，最最歡愉的時刻，小兔子都如小孩子吃了一塊巧克力般的光明快意，小兔子簡直是個善惡之前的自然之子。

但是小兔子知道了！

但是小兔子竟然問了！

「我是同性戀，對不對？」

「我明明是同性戀。但是，我怎麼可能是同性戀！沒有哇！不是啊，我不知道你在說什麼，我好好的啊，我只不過有時候喜歡看一看肌肉發達的男人，但是，我忍不住我沒有辦法我真的一點控制力也沒有，一定是天生的，我只能怪我媽！你怎麼能問這個！你是我的太太！」

如同一個合約，我們經營的企業是一個華廈，但是我們永遠也不能點明，這個華廈的底層早已腐朽，是一群老鼠滿布的漆黑。我們誰也看不見，只看到高聳的頂端透明的樓身，美盛壯觀。不說，老鼠仍在，但是沒有長入你的眼睛，一說，老鼠立刻寫上了這棟大廈經理人的臉，他再也沒法面對你而假裝你沒有看到底層的老鼠。一旦跨過，他的心也被我挖了一個洞，一個我當時沒有意識到的殘酷砍伐。

✶

之後呢？

知道了之後呢？

秋天的乾爽常常如同午後的一場夢，睜眼時是空虛的涼冷。

於是我開始在每天下午喝一杯熱茶。必須有極度的苦味，才能驅散我的積累挫敗。我們沒有再見面。以他的性格，我也明白他再也無法面對我。一張紗幕揭去之後，裸裎的殘酷是人生的悲壯。

當你的良性腫瘤不構成生命威脅，卻越長越大，大到了屁股的四分之一，明目張膽的向世人宣稱：寡人有疾之時，你怎麼辦。就連你最相信的小兔子也指著那個腫瘤，說：不好看，嚇人，你怎麼辦？小兔子沒指控你和男人無止無盡的廝纏，小兔子只是突然說，你是有一個良性腫瘤，是不是，就在屁股上。你卻頓時雙腳踏空，掉入了虛軟雲端。

你的心挖了一個洞。深沉綿密的，苦汁滲透。疼痛。

傷痕。

紛紛秋雨，偶也落在我中年的心上。

他，我是再也沒有見到，那麼一個朝霞燦爛，近乎全然完美的美健男人。

然而，他那一年在電話那頭的心痛，變成了我的慢性腫瘤，一點一點一團一團，綿綿密密的，生在了我的心底，一種永不止息的持續疼痛。無形的瘤，開不掉的頑強悲哀，一如細細如網的年年秋雨。

夏天的故事

你看這俊美黝黑的青年，閃爍自信眼光看著對面崇拜他的女孩。你看這女孩，白皙皮膚圓圓臉蛋，眼裡只有無知和天真。

你看這兩個人，加起來不到四十歲，坐在沙灘上，嘻嘻笑笑，有說不完的話，從莎士比亞到老子，外文系到中文系，什麼都可以聊。身邊人群躁動，孩童嬉鬧父母叫囂，浪花滾滾拍打沙灘，藍色大海白色浪花，豔陽高掛，這兩個人完全無視，他們只看到彼此。

一陣風吹來，吹散女孩頭髮，男孩輕攏女孩頭髮，柔情地看著她。女孩稍有羞怯，找出包包裡的橡皮筋束起長髮。兩個人吃吃地笑了，也不知為何而笑。陽光灑下如同夢幻，浪花朵朵，一幅美麗圖畫。

男孩閃爍陽剛眼神，牽起女孩，「我們下水。」女孩笑著隨他起身，二人走入海水。一陣浪花冲來，女孩失腳跌入滾滾浪潮，男孩奮力抓住女孩手臂，堅定地說：「別怕！抓緊我的手。」

✶

夏末我來到闊別數十年的北海岸，淡金公路上車輛稀疏，下午兩點，陽光赤裸灑遍整個海岸線，藍天藍海，白雲在東邊天際堆疊。來到海岸才讓我深刻感受，這是海島。美洲歲月常想念沙灘、衝浪、海邊烤肉、夜遊海灘，那些年少時做過的遊戲。

來看海，而非下海，六十歲和二十歲的分別就在此。我刻意穿了球鞋，準備走一走海岸，吹一吹海風，伸展一下腰身，縱覽一望無際大海。走在海上步道，左右浪花推移，赤陽下金光閃閃，海風吹來，如同飛越海洋踩浪前行。

一對小情侶相擁在步道終點，傳說中告白的定點，男孩女孩埋入對方髮間，忘情地親吻。遊人識相走開，驚嘆愛情力量，這麼熱的天，這午後兩點的烈陽，他們已忘了人間，沉浸二人世界，時間也許就此打住，半小時就是一生。

我看著他們，突然牽引起奇異的記憶。

★

是吧，四十年前我曾和他們一樣，和一個同齡男孩在海邊流連，大海作證，赤心一片。浪漫的海島兒女，隨著留學潮飛越海洋到太平洋彼岸，女孩的人生有了翻天覆地的變化，男孩飛越海洋到新大陸時，女孩已穿了白紗禮服，「對不起我沒有等你。」又過了幾年，男孩和女孩偶然重逢，女孩已脫下婚戒，「太好了我們可以自由如同從前！」，他們開開心心地相守兩年，定下了結婚日期，男孩卻在約定日期前突然移情別戀。最後一次見面，男孩大哭，女孩說：「好吧你果然是為報仇而來，我接受，現在仇也報了，今生今世不必再見，男婚女嫁各不相干。」男孩離開，女孩看著他的背影，突然想起今生初見他，是在大學禮堂裡，看到他在台上露著白白牙齒歡樂唱歌。女孩跪地痛哭，滿地找尋破碎的心。

許多年後他們再次重逢，男孩不再是男孩，而是單親爸爸；女孩不再是女孩，而是工作狂的專業女性，再也不相信愛情。三十多歲的男人和女人同坐沙發各據一角，都盯著電視，兩個人沒有一句話。

✶

我遠遠看著他們，苦疼一笑默默走開，期許這對小情侶的愛可以持久，像這永恆美麗的海洋、大地、藍天。

冬天的故事

一

清晨四點，文山仍籠罩在深冬的黑暗中，一小片濃雲的天幕下，是潔白的校舍。

沒有星，殘月下垂，又將是冷雨的十二月。暮年修女翻身起來，梳洗穿戴，一如四十年來她每天的動作。黑色長袍遮蓋她行動早不靈活的嚴重風溼。疼痛如同她日日的飲食，她皺皺老眉，戴上頭罩。

輕輕走出寢室，四下的房間都靜悄悄，高三的學生全在睡覺，她知道他們是不到一點熄燈不上床的。每天早晨，她走過走道，幾乎無法想像這兩邊有數十個活生生的生命。四十年來，他們來來去去，不斷地有新的一批孩子住進來，廝鬧尖叫大笑，偶爾還有爭吵謾罵。唯有這一刻，她早起去念《玫瑰經》的一刻，最最平靜安寧。

老修女步出宿舍，踏黑走到對面的修道院，在聖母馬利亞的雕像前默禱而過。她的膝蓋酸疼，肩頭如同脫臼的殘骸，她努力地睜直眼神，踏著黑，走入聖堂。

這幾天，這幾個月，她老想到從前。上回輕微中風以後，她的視神經如同鬆弛的弦，搭不上，走路偏斜，重心不穩。大家都說：是您該休息的時候了。

是啊是啊，她自己也知道。然而竟然在入了修道院後，她已重生了近四十年。她每夜感謝聖母上帝讓她仍對人間有愛，仍奉獻自己，她不願休息。她無法休息。

聖母溫慈地抱著愛子。耶穌基督坦然無語為世人釘十字架，祂垂著頭，血滴在釘死的手心腳心，心仍赤誠，為他愛的世人。

暮年修女低頭一顆顆念珠數過。四十年了，她竟然存活至今，平安喜樂。香爐的煙今天特別濃。就這半個月，奇怪極了，她想起了所有童年、少年時代的往事，那些早已忘懷的塵世記憶。老修女搖搖腦袋，努力地睜開眼睛，經文仍在她的嘴中誦念，風溼的手仍忠心地數著念珠。但是這煙香為什麼這麼沉重？她看到了她的父母，她早已告別的塵世父母。

媽媽站在巷口，彎著腰向她招手：妹妹！來！走過來，走過來。那條路多麼長啊！她一回頭，看到一個年輕男人，瘦高瘦高的，興奮地叉著腰看她，是黑白的，是誰？是照片上的父親嗎？

二

你說你忘了。夏天太安逸，夏天的清風太柔軟。你說你忘了。你看到一個時代的動盪，一群無根的人來到一個陌生的島，一群熱血沸騰青少年沒有出路，他們打不入本土，群居終日結黨成群，他們打架滋事，回到家裡被軍旅的嚴父痛打一頓。你看到無聊殘疾的日日夜夜，成群的婦女唯一做的事就是打麻將，她們右口袋長壽煙，左口袋兩百塊錢，正好打八圈。你看到小臭踏著他殘疾的腳，一拐一拐走到隔壁的小容容家門口，他把自己精心做好的鐵絲衣架掛在他們家的窗戶架上。「小容容喜歡這個，她的勞作課要交。」你看到小臭的媽媽瞇著眼打趣兒子：「以後把小容容嫁給你好不好？」小臭考慮半天，張口結舌地用他腦性麻痺的不全五音說：「好是好，可是，她以後跟別人去跳舞我怎麼辦？」大家哄然大笑。

你看到，一個荒蕪的冬季，一個中年男人在下班後帶著一瓶老米酒哼著歌回家，他的腳踏車一如他的家庭，殘舊，然而可用。他和他的老婆在戰亂時相遇，他是上海聖約翰的大學生，她是帶著一個孩子的山東女人，逃難時，隨意地就跟了他。聖約翰的母親永世不能原諒兒子。於是，這兩口子一個拉胡琴一個唱河北梆子，號稱「沈三白與芸娘」。男人的母親在前屋憤怒嘟囔，上海話，媳婦聽不懂。

你看到，有一年一個中年教授看到學生的作文裡說，我的父母相親相愛，我的家裡有一隻狗兩隻貓，前院有柔柔綠草，後院有花圃。你看到這個教授怒目揚眉把作文一擱，摘下眼鏡。他哭笑不得。天國不是我們的，是誰說過這樣的話？天國不是我們的。他的家，沒有花圃沒有庭院，他的家甚至沒有父母。幸福是一個世外桃源，一個小國寡民自給自足的社會，民老死不相往來，綠草如茵春風和煦，禮讓謙恭，井然有序。然而這是清教徒的天堂，不是血液罪孽的族群。

你看到，罪孽族群的包容和頑強。連夜聚賭後的第二天，正午陽光照遍客廳，煙熏的浮腫面孔中陣陣口臭與陳腐，而這其中，一個三歲的孩子矇矇醒來，翻身看他的媽，披散頭髮吸著煙的女人，孩子那麼滿足安全地一笑。你看到一個為贖罪來到人間的孩子，他在母親一陣瘋狂血液爆發的肆虐後，大腿一道青一道紫，仍然哭腫了臉，看著他這才清醒回復正常的母親，小小身軀拖著步子，走到媽的面前，哭著叫媽媽。

你看到，看到不公的人世，燦爛的殘疾。你說你忘了，你以為你忘了你希望你忘了。

三

但是你沒有遺忘。沒有遺忘那塵封的過去，那柔軟的白雲，那新奇的世界。你沒有遺忘有那麼一年那麼一天，你爬一個高高的階梯，上到一個半山腰的福利社買糖，你小小的腿一步步數著一、二、三，你紮兩個麻花辮，穿媽媽做的小洋裝，你邊走邊抬頭，看這新奇宇宙，上面有什麼？有什麼？你看著蒼松挺拔樹立，你看小鳥，停停飛飛地在枝頭拍動翅膀。

你沒有遺忘，有那麼一大串的童年，你和你的哥哥下象棋，每一次你一定輸，快輸之前你一定沒風度地把棋盤打翻。然而他耐性地一個個撿回來擺好，妹妹我們再下。你沒有遺忘，最善良的靈魂，在人生磨礪下變成自閉症的過程。你沒有遺忘，你不能遺忘，你看著他喝酒對著空中說話，你看著他，變成傷殘的獸。你靜靜地走向前，說：沒關係。全天下人可以同時消失，只有你知道他的悲劇。

你沒有遺忘，有那麼一個早冬的午後，你坐著校車走一條極熟悉的路。三十二歲，你通過了博士論文口試，你疲憊欲死。你坐在陌生的人群中，校車走啊走地，你還沒弄清，是什麼。原來，這八年時間和精力的投入，就是為了這個。然而，你輕飄如夢。你知道為了這個學位你投入了一切，你來時，是兩個人，你去時，卻是一個人。得到了，是的你得到了，但是你也掏空了。

你沒有遺忘貧窮的罪惡，和擺脫貧窮的掙扎。你沒有忘記你在嚴冬中用體力勞動爭取生活，你在醫院的地下室，站在餐具輸送帶旁，以最快的動作拿下盤子、刀叉，傾倒殘羹剩飯，卑微的工作你做了。你收起自尊接受磨礪，沒有怨恨，只有崇高，就在那時你體會了聖樂、貝多芬交響樂、柴可夫斯基生命控訴的偉大，唯有在殺戮廣場才能反襯出聖靈人類精神不死的偉大。

你沒有遺忘大地的永不欺騙、陽光的坦然無私。你貧了，你富了，你有了戀人失了戀人，你的孩子好了壞了，你一抬頭，唯有那永不改變的寒暑更遞。於是你看到自己的懷中，有一個孩子。你想起那麼一個至愛濃情的夏日冬日，你的心坦然，你的肢體如大地開放，你的眼睛期盼你的嘴唇暖融，你那麼甜蜜地接納人間。是這樣的開懷給予造就了生命。

四

暮年修女苦笑了，塵封的世俗記憶如此襲來，是否大限將至？她再抬起頭來仰望基督聖像，慈愛的上帝，我一生仰賴的唯一安全守護！

很久很久以前，我在泥淖中出生，我吞過污穢、看過兇殘、擁抱過罪惡、沉醉過悲劇。是啊我記得、我看過、我知道，只是我選擇永不言說。我也立志從荒蕪之地攀升存在高峰，我殘忍克己，刻苦專注，撇棄情感牽扯，只為擺脫既定命運。是啊我沒有遺忘人間種種甜蜜，喜怒哀樂貪嗔痴的誘人，我嘗過、我痛過、我歡騰飛天過。

但，那確實是我早已斷然拋卻的塵俗。老修女嘆一口氣，輕輕笑了。四十年來，她每天在辦公室裡，側眼看窗外的潔白陽光，她知道，她的快樂來自一個無人的潔白天地。她早已把曾有的塵世俗夢，分開來，剪掉，如雪片般緩緩飛走。是的，所有的輕浮，必須向厚重臣服，就像這四十年來，我每天凌晨四點來到聖堂念《玫瑰經》一般，如此謙卑，如此肅穆。

暮年修女長跪耶穌基督聖像前，仰看耶穌為世人釘十字架。她低下頭來一顆顆念珠數過，嘴角含笑。

釀文學296　PG3167

冬天的故事

作　　者	張雪媃
責任編輯	吳霽恆
圖文排版	陳彥妏
封面設計	嚴若綾

出版策劃	釀出版
製作發行	秀威資訊科技股份有限公司 114 台北市內湖區瑞光路76巷65號1樓 電話：+886-2-2796-3638　傳真：+886-2-2796-1377 服務信箱：service@showwe.com.tw http://www.showwe.com.tw
郵政劃撥	19563868　戶名：秀威資訊科技股份有限公司
展售門市	國家書店【松江門市】 104 台北市中山區松江路209號1樓 電話：+886-2-2518-0207　傳真：+886-2-2518-0778
網路訂購	秀威網路書店：https://store.showwe.tw 國家網路書店：https://www.govbooks.com.tw
法律顧問	毛國樑　律師
經　　銷	聯合發行股份有限公司 231新北市新店區寶橋路235巷6弄6號4F 電話：+886-2-2917-8022　傳真：+886-2-2915-6275

出版日期	2025年8月　BOD一版
定　　價	390元

讀者回函卡

Printed in Taiwan

國家圖書館出版品預行編目

冬天的故事/張雪婇著. -- 一版. -- 臺北市：
醸出版, 2025.08
面；　公分. -- (醸文學 ; 296)
BOD版
ISBN 978-626-412-106-4(平裝)

863.4　　114008319